君のガチ恋距離にいてもいいよね？

～クラスの人気アイドルと気ままな息抜きはじめました～

戸塚 陸
illustration ただのゆきこ

君のガチ恋距離にいてもいいよね？

登場人物紹介

姫野 雫
【ひめの しずく】
SHIZUKU HIMENO

高校二年生。人気上昇中の三人組アイドルグループ《プリンシア》のセンター。ファンからは『女神すぎる美少女』と呼ばれ、弾ける笑顔で見る者の心を魅了する。……のだが、その素顔は気ままなダウナー気質で、実は甘えたがりなところがある。

瀬崎灯也

【せざき とうや】

TOUYA SEZAKI

高校二年生。元バスケ部員で、将来を有望視される選手だったが、諸事情により退部。友人はいるが、部活の件によってどこか冷めた日々を送っている。

金井夏希

【かない なつき】

NATSUKI KANAI

高校二年生。瀬崎灯也の中学からの友人で、軽音部に所属するバンド女子。スポーツを辞めてから抜け殻状態になっている灯也のことを気に掛けているようで……？

プロローグ

「ねぇ、春といえば何を思い浮かべる？」

とある休日の昼下がり。

緑が多くなった桜の木を眺めながら、目を奪われるほどの美少女が尋ねてくる。

艶やかな長い髪と、精緻な人形のように整った顔立ち。白いパーカーに黒のショートパンツを合わせたラフな恰好《かっこう》の少女は、黒いキャップを深く被《かぶ》っているにもかかわらず、常人離れしたルックスなのが一目でわかるほどに美しかった。

問われた少年・瀬崎灯也《せざきとうや》は、少しばかり考えてから答える。

「桜、かな。無難だけど」

「へー、瀬崎《せざき》くんらしいね」

少女は淡々と言いながら、こちらを見つめてふっと微笑《ほほえ》む。

春の木漏れ日のせいか、その笑顔がやけに眩《まぶ》しく感じられて、灯也《とうや》は視線を逸《そ》らしていた。

「つまらない答えで悪かったたな」

「えー？　一周回って褒めているのかもよ」

「意味深な言葉でごまかしてるし……。だいたい、そっちはどうなんだ？」

「どうって？」

「春といえば、って話だよ」

そう問い返すと、少女は桜の木に手を伸ばしてみせた。

「んー、そうだなー……花粉症、とか？」

「つまんな」

「うわ、ひど」

少女から脇腹を小突かれて、灯也《とうや》はこそばゆい感覚に苦笑した。

——ブーッ、と。そこでポケットに入れていた灯也《とうや》のスマホが振動する。

確認すると、SNSの通知だった。

『——女神すぎる美少女アイドル・姫野《ひめの》雫《しずく》の新曲MVが本日公開！』

その情報を目にしたことで、灯也《とうや》は小さなため息をつく。

「どうかしたの？」

「いや、世間は狭いと思ってさ」

「なにそれ。——ていうか、お腹《なか》空いた。どっか食べに行かない？」

「まさに花より団子だな」

「あー、春といえば団子だよね、やっぱり」

「結局そこに戻るのか」

気の抜けたゆるい会話をしながらも、灯也《とうや》が世間の狭さにため息をつくのは無理もない。

何せ、今隣にいる友好的な少女。

彼女こそが、女神すぎる美少女と呼ばれる国民的アイドルだからだ——。

第一話　女神すぎるクラスメイト

「……いつも通りだな」

四月上旬。今年で高校二年生になった瀬崎灯也《せざきとうや》は、バイト先のカラオケ店で受付をしていた。

けれど、平日の夜だからか客が来ない。しばらくの間、棒立ち状態が続いている。

この退屈な時間を紛らわせてくれるのは、ロビーに置かれたモニターの映像。

内容は三人組アイドルグループ《プリンシア》の紹介だ。華やかな衣装に身を包むメンバーは皆、整った顔立ちをしているが、中でもセンターに立つ美少女は別格の異彩を放っていた。

『――プリンシアのピンク担当・姫野雫《ひめのしずく》です！　みなさんに笑顔を届けますね♪』

姫野雫《ひめのしずく》。

腰まで伸びた艶やかな髪に、ぱっちりとした大きな瞳。肌は透き通るように白く、愛嬌《あいきょう》のある顔立ちながら凛《りん》としていて、弾《はじ》ける明るさと儚《はかな》げな透明感を兼ね備えている美少女。

彼女こそが大人気アイドルであり、不動のセンター。ネット上では【女神すぎる美少女】と呼ばれ、その飛び抜けたルックスと明るく天真爛漫《てんしんらんまん》な性格、可憐《かれん》な歌声から、ＳＮＳ上で彼女の名前を見ない日はないほどブレイクしている逸材だ。

今や姫野《ひめの》雫《しずく》は皆から愛される国民的アイドルともいえる存在だが、一般的な男子高校生である灯也《とうや》にも全く接点がないわけではなかった。

というのも、姫野《ひめの》雫《しずく》は同じ高校に通っている同級生なのだ。

都立藤咲高校。自由な校風をモットーとする、この近辺にある一般的な都立高だが、姫野《ひめの》雫《しずく》曰《いわ》く『仕事以外では普通の高校生として過ごしたいので』という理由で選んだらしい。

当然、入学当初はかなり話題になったし、おかげで今年の入試倍率はとんでもないことになったそうだが、灯也《とうや》からすれば興味のない話だ。

そう、興味がない。

灯也《とうや》は姫野《ひめの》雫《しずく》のファンでもなければ、アイドル自体にもとくべつ興味を持っていなかった。

ついでに言えば、灯也《とうや》と姫野《ひめの》雫《しずく》は今年から同じクラスにもなったのだが、それでも灯也《とうや》はまともに話したことすらない。

もちろん、灯也《とうや》だって姫野《ひめの》雫《しずく》のことを可愛《かわい》いとは思っているし、同じ高校の生徒だと知ったときには遠目に眺めたりもした。

だが、それだけだ。お近づきになりたいとは思っておらず、それは今後も変わらないだろうという認識だった。

「お、今日も来てるのか」

ふと手元の利用客名簿を眺めて、灯也《とうや》はなんとなしに独り言をこぼす。

記載されているのは『柏井《かしわい》』という苗字《みょうじ》だ。

利用人数は一名で、女性。年齢は十六歳。

以前から週に一、二回のペースで訪れている常連客で、何か事情があるのか非会員料金で利用し続けている。

いつも顔が見えづらい変装じみた恰好《かっこう》をしているが、店員の中で『あの客はじつは芸能人なんじゃないか』と噂《うわさ》になるくらいには、何か特別なオーラを纏《まと》っている印象だ。

とはいえ、それも灯也《とうや》からすれば、ちょっと変わった常連客がいるというだけの話だが。

「瀬崎《せざき》ー、悪いけど空室の清掃に行ってくれるか？」

暇すぎてボーッとしているところに、キッチン側からやってきた先輩スタッフから声をかけられて、灯也《とうや》はハッと背筋を伸ばす。

「はい。二階に行けばいいですか？」

「おう、ロビーはこっちでやっておくからよろしく～」

先輩スタッフに見送られながら、灯也《とうや》は二階に向かう。

階段を上がっている最中、今日はほとんどが空室だったことを思い出して、自然と苦笑いがこぼれた。

空室だらけの廊下を抜けていき、灯也《とうや》が隅にあるロッカーから清掃用具を取り出そうとしたところで、

「ワァ――――ッ!!」

女性の叫び声が聞こえた。

聞こえたのは、角部屋からだ。音漏れの度合いからして、扉がちゃんと閉まっていないのだろう。

一瞬、何かトラブルに巻き込まれたのかと思ったが、おそらく違う。今も引き続き聞こえてくる叫び声には情感が乗っていて、とにかくやり場のないストレスを発散するような響きがあった。

(待てよ、あの部屋ってたしか……)

例の『柏井《かしわい》』という常連客が利用していたはずだ。つまり、このシャウトは彼女のものということになる。

ひとまず念のため、彼女がトラブルに巻き込まれていないことを確認するためにも、個室の扉に備え付けられた小窓から中を覗《のぞ》き込むと――

「えっ……?」

思わず灯也《とうや》の口から疑問符がこぼれた。

個室の中に女性が一人でいるのはいい。想定通りだ。

けれど、その端整な顔立ちはどこかで見た覚えのあるもので……

（——『姫野《ひめの》雫《しずく》』、だよな？）

間違いない、今年から同じクラスにもなった国民的アイドル・姫野《ひめの》雫《しずく》だ。

黒いパーカーにショートパンツを合わせたラフな私服姿だが、来店時のようにマスクや眼鏡などをしていないことから、なんとか気づくことができた。

となると、受付時の柏井《かしわい》という苗字《みょうじ》は偽名だったのだろう。

彼女は今、曲も流さずに一人きりでがむしゃらにシャウトしている。

マイクを両手で握りしめて、何度も苦しげに顔を歪《ゆが》ませながら、それでも叫び続けていた。

普段の笑顔が弾《はじ》けるアイドル像からは想像もできないほどに強烈な光景で、一瞬だけ別人なんじゃないかと灯也《とうや》が思ってしまったほどだ。

幸いなことに、雫《しずく》はまだ灯也《とうや》の存在に気づいていない様子。

灯也《とうや》は見てはいけないものを見た気持ちになりながら、アイドルにもきっといろいろあるのだろう……と思い、扉をそっと閉め直したのだが。

——ガチャンッ、と。

思いのほか、大きな音が鳴ってしまった。

ゆえに、室内にいた雫《しずく》の視線がこちらに向けられる。

ばっちりと目が合って数秒後。

灯也《とうや》はそろりそろりと、後退する形で部屋を離れた。

「はぁ……」

灯也《とうや》は疲労感とともにため息をつきながら、空室の清掃作業に取り組む。

三十分ほどで清掃を終え、ロビーに戻ると受付係を代わるよう言われた。

なので、嫌な予感がしつつも受付業務に移行。

すると案の定というか、一時間もしないうちに雫《しずく》がやってきた。個室にいたときとは違い、黒いキャップやマスクをつけた変装仕様だ。

利用時間を終えた雫《しずく》に対し、灯也《とうや》は平静を装《よそお》いながら会計の対応をする。

「「………」」

二人の間に必要以上の会話はない。

雫《しずく》の方は俯《うつむ》きがちで、帽子の縁に隠れて目線が見えないのは救いだった。

「こちら、次回より使用可能なクーポンとなります」

「どうも」

最低限のやりとりをする間も、灯也《とうや》の中には緊張感があった。

灯也《とうや》はこれまでにも何度か柏井《かしわい》——改め、雫《しずく》の接客対応をしたことはあるが、基本的に来店時の彼女には愛想《あいそ》がない。

現状もその通りで、態度や雰囲気が素っ気なく、どことなくダウナーで、話し声は普段よりもやや低音である。

そんな彼女の佇《たたず》まいが、ただでさえ気まずい空気を重くしていた。

「…………」

会計を終えた雫《しずく》は、無言でこちらを見つめてくる。

と、さらにはマスクを顎下までずらしたではないか。

おかげで彼女の整った顔立ちがしっかり見えて、つい視線を合わせてしまう。

「…………」

雫《しずく》はジト目を向けてきており、こちらの反応を窺《うかが》っているようだった。

これはもう、完全に身バレ上等の行動だ。つまり灯也《とうや》が雫《しずく》の正体に気づいていると確信しているのだろう。

だからこそ、灯也《とうや》は努めて冷静に。あくまで我関せずの姿勢で、先ほど見た光景は忘れてしまったかのような態度を貫き、「ありがとうございました」と一礼をしてみせた。

何せ灯也《とうや》としても、雫《しずく》の事情に関わるつもりは毛頭ないからだ。

そのスタンスが功を奏したのか、雫《しずく》はどことなく訝《いぶか》しんだ様子ながらも店を出ていった。

――一件落着、と。

このときの灯也《とうや》は思った。これでこの件は終わったのだと。

◇

翌朝。

灯也《とうや》が教室に入ろうとしたところで、賑《にぎ》やかな話し声が聞こえてきた。

中を覗《のぞ》くと、女子生徒たちに囲まれた雫《しずく》の姿が目に入る。

「雫《しずく》ちゃん、昨日の動画見たよ！　めっちゃ可愛《かわい》かったー！」

「スイーツ×スイーツの表紙もおめでとー！　あたし絶対買うからね！」

「てかこの前の番組も最高だった～！　マジで一番目立ってたし！」

女子生徒たちが興奮ぎみに言うと、雫《しずく》は嬉《うれ》しそうに微笑《ほほえ》む。

「みんなありがと～！　いろいろチェックしてもらえて嬉《うれ》しいな♪」

雫《しずく》が笑顔で言うだけで、周囲の生徒たちはうっとりする。

やはり大人気アイドルというだけあり、雫《しずく》の人気は校内でも健在だ。

飛び抜けたルックスで愛想《あいそ》も良く、成績まで優秀なまさに完璧アイドル。一般的なブレザータイプの制服も、雫《しずく》が着こなすだけでオシャレに見えるから不思議だった。

灯也《とうや》としては昨夜の件もあって、顔を合わせるのは少々気まずかったりする。

とはいえ、いつまでもこうしてはいられないので教室に入ると、

「あ、瀬崎《せざき》くんだ。おはよーっ」

真っ先に気づいた雫《しずく》が、とびっきりの笑顔で挨拶をしてきた。

反射的に灯也《とうや》も「おはよう」と返すが、昨夜の件が脳裏にちらついているせいで視線を逸《そ》らしてしまう。不自然な態度に思われたかもしれない。

けれど、雫《しずく》は気にすることもなく、クラスメイトたちとの会話に戻っていく。

灯也《とうや》はホッと安堵《あんど》しつつ、中央列の後方にある自分の席に着いた。

「やっぱイイよなぁ、姫野《ひめの》さんって」

言いながら隣の席に腰掛けてきたのは、クラスメイトの向井修一《むかいしゅういち》だ。

短めの茶髪にそこそこの長身、着崩した制服でパッと見だと軽薄そうにも見えるが、根は実直な男子である。

修一《しゅういち》とは去年から同じクラスで、灯也《とうや》の数少ない友人といっていい相手だ。

去年の二学期まで灯也《とうや》はバスケ部に、修一《しゅういち》はサッカー部に所属していたため、元運動部同士というのがきっかけで関わるようになり、ときどき一緒に遊ぶ程度には仲良くやっている。

「おはよう、修一《しゅういち》。今の発言を彼女さんが聞いたら怒るんじゃないか？」

「ダイジョブだって。灯也《とうや》が告げ口さえしなけりゃな」

修一《しゅういち》には他校生の彼女がいて、なんだかんだで上手《うま》くやっているらしい。ちょいちょい惚気《のろけ》られるのがたまに鬱陶しくもあるのだが。

「それ、全然大丈夫じゃないだろ。俺の口はそんなに堅くないし」

「お前が言ったらオレは泣くからな」

「その脅し文句はどうなんだよ……」

「んなことよりも、姫野《ひめの》さんの話だって！　オレもさっき挨拶されちまってさ、もう女神スマイルが眩《まぶ》しすぎて直視できなかったぜ！」

これは感極まって泣き出しそうなほどの勢いだ。

実のところ、こんな感想を抱くのは修一《しゅういち》だけじゃない。このクラスの男子はもちろんのこと、校内にいる大多数の生徒が雫《しずく》に対して憧憬の眼差《まなざ》しを向けていた。

「大げさだな。単に修一《しゅういち》がチキンってだけの話だろ」

「灯也《とうや》はドライだよなぁ。あの可憐《かれん》な姿を見ても可愛《かわい》いとか思わねえの？」

「いや、人並みには思ってるぞ。修一《しゅういち》みたいなドルオタじゃないってだけで」

「かーっ！　わかってねえ！　姫野雫《ひめのしずく》はアイドルだけどアイドルってだけじゃねえんだ！　もうそういうのを超越した存在なんだよ！　だからオレはドルオタじゃなくてミーハーな！」

「わかったから落ち着け。本人にも聞こえてるぞ」

修一《しゅういち》の声が大きすぎたせいで、雫《しずく》やクラスの女子からくすくすと笑われてしまった。

と、そこで灯也《とうや》と雫《しずく》の目が合う。

雫《しずく》は少し驚いた風に目を見開いてから、すぐさま微笑《ほほえ》みかけてきた。

（ほんと、昨日とは打って変わって別人だよな……）

べつに灯也《とうや》は、性格を使い分けること自体に悪い印象は抱かない。

ただ単に、姫野《ひめの》雫《しずく》の両極端ともいえる変わり様に感心しているだけだ。トップアイドルともなれば、そういう器用さが必要なのかもしれないと思った。

チャイムが鳴ると、隣に陣取っていた修一《しゅういち》が自分の席に戻っていく。

窓際《まどぎわ》に座る雫《しずく》は教卓の方を向いていて、灯也《とうや》もひとまず前方に視線を向けることにする。

朝のＨＲの間、灯也《とうや》はなんとなく昨夜の件を思い返していた。


昼休み。

灯也《とうや》が校内の自販機で飲み物を買おうとしていると、

「なに飲むの？」

背後から声をかけられたので振り返ると、雫《しずく》が笑顔で立っていた。

たしか先ほどまで教室でクラスメイトと談笑していたはずだが、もしかして追いかけてきたのだろうか？

だとしたら、昨夜の件について何かあるのかもしれない。ひとまず灯也《とうや》は平静を装《よそお》いながら答える。

「えっと、ホワイトウォーターを買うつもりだったけど」

「じゃ、私も同じのにしよーっと」

雫《しずく》が代わりにボタンを押して、そのまま缶を取り出してから差し出してくる。

ずいぶん気さくな感じで接してくるものだから、灯也《とうや》は戸惑いつつも受け取った。

「どうも」

「いーえ」

雫《しずく》も硬貨を入れると、宣言通りに同じ物を購入した。

灯也《とうや》が缶に口を付けて、ごくごくと喉を鳴らし始めたところで、

「変なことを聞くんだけどさ、やっぱ気づいてるよね？」

「ぶふっ——ごほっ、ごほっ……」

さらっと意味深な問いを投げられたので、灯也《とうや》はむせてしまった。

それを肯定と受け取ったらしい雫《しずく》は、険しい表情でため息をつく。

「はぁ、そりゃそうか。角部屋だからって帽子を脱いだのは失敗だったな」

雫《しずく》の言葉遣いも声色も普段とは違い、低いトーンで淡々としたものになる。

どことなく冷めた雰囲気に様変わりしたせいか、体感温度まで下がった気がした。

彼女が確認したかったのは、灯也《とうや》が昨夜の客——柏井《かしわい》の正体＝姫野《ひめの》雫《しずく》だと気づいているかどうかについてだろう。

そもそも昨日の帰《かえ》り際《ぎわ》の行動からして、ほぼ確信はしていただろうが、それでも今の灯也《とうや》の

動揺が決め手となったのは間違いない。

　内容が内容だけに、今の彼女は変装中よりもさらにキツい印象だ。メディア露出時や、他の生徒の前でこの声色で話すところを聞いた覚えはないし、普段は見せない姿のはずである。

ゆえに、灯也《とうや》は辺りを見回したのだが、他の生徒の姿は見当たらなかった。

「他に人がいないのは確認済み。いたらこんな話はできないし」

「そうか」

「というか、あんまり動揺してないね。その様子だと、もっと前から気づいてたとか？」

雫《しずく》は逃げ道を塞ぐように腕を組んで仁王立ちしながら、訝《いぶか》しむような視線を向けてくる。

けれど、灯也《とうや》はべつに動じていないわけじゃない。ただ、制服姿で冷めた表情をする雫《しずく》の姿が新鮮で、カラオケに来ていた柏井《かしわい》なる常連客の正体が、雫《しずく》本人だと実感していただけだ。

とりあえず、彼女が『昨夜の店員＝同級生の灯也《とうや》』だと認識していることは理解した。

でも個室から叫び声が音漏れしていたことを、彼女が気づいているのかは不明だ。今なら灯《とう》也《や》があそこを覗《のぞ》いていたのだって、偶然の一言で片づけられそうではある。

灯也《とうや》としてはトラブルに巻き込まれるのも、個人の事情に深入りするのも避けたいところ。

なのでここは慎重に、あくまで人畜無害な風に振る舞うべきだと灯也《とうや》は判断した。

「……常連さんの正体が姫野《ひめの》だって気づいたのは、昨夜の出来事がきっかけだよ。それに俺だって、動揺くらいはしてる。おかげで吹き出したくらいだしな」

「そう、ならよかった。クラスメイトが相手とはいえ、これでも変装には自信があったから。……それで、瀬崎《せざき》くんはこのこと――」

「先に言っておくけど、俺はなんでもかんでも他人に話す趣味はないぞ。誰かが嫌がることなら尚更《なおさら》だ」

「ありがと。そう言ってもらえると助かるよ」

言葉とは裏腹に、雫《しずく》の態度が緩むことはない。

他に何を言うべきかわからない灯也《とうや》は、ひとまず緊張で渇いた喉を潤そうと、缶ジュースの残りに口をつける。

「……やっぱり驚いたでしょ？　私がこんな奴《やつ》だって知って」

「まあ、驚いてないと言えば嘘《うそ》になるけど」

「今みたいな素の状態の私は、アイドルのときの私とは全然違うもんね」

どうやら素の性格はこちらのサバサバした方らしい。今さら灯也《とうや》には隠しても無駄だと判断したのだろう。

灯也《とうや》的にこれ以上深入りするのはまずい気がしてきたところで、遠くから他の生徒が近づいてくるのが見えた。

「そろそろ切り上げた方がいいんじゃないか？」

「うん。――それじゃ、この話は二人だけの秘密ってことでよろしくねっ？」

すでに雫《しずく》はいつものアイドルスマイルを浮かべて、声色まで明るくなっている。この見事な変わり身っぷりには素直に感心した。

だからか、灯也《とうや》がぽかんとしていると、

「瀬崎《せざき》くん？」

「あ、ああ、もちろんだ」

今の問いかけは怖かった。笑顔でも目だけが笑っていなかったからだ。

「じゃあ、私は先に教室へ戻ってるねっ。バイバーイ」

雫《しずく》はこちらに小さく手を振ってから、近づいてきた他クラスの生徒に挨拶をして、その場を離れていった。

「……ふぅ」

思わずため息がこぼれる。

今になって気づいたが、背中に嫌な汗をかいていた。

灯也《とうや》自身はアイドルに興味がないとはいえ、他人のああまでわかりやすい二面性を見せられると、やっぱり思うところはいろいろあったりする。

それは感心だったり、新鮮さだったり……感情が動くというのは、それだけ気疲れすることにも繋《つな》がるわけで、まだ午後の授業が残っているのにぐったりした気分だった。

（そういえば、昨日はどうして叫んでいたんだろうな）

今さらながら聞くのもアリだったかと思いつつ、すぐに自分が気にすることじゃないなと切り替えたのだった。

◇

日々は穏やかに、それこそ何事もなく過ぎていく。

それは灯也《とうや》と雫《しずく》の関係も同じだ。

顔を合わせれば挨拶ぐらいはするし、特に変わったこともない。

たとえば昼休み。

修一《しゅういち》とともに学食から戻る最中の渡り廊下で、向こうから歩いてくる雫《しずく》たちの集団と出くわすことがあった。

雫《しずく》は数人の派手めな女子生徒に囲まれ、いつも通りの笑顔を振りまいている。

その手には緑色のスムージーが入ったプラスチック容器が握られており、雫《しずく》が持つだけでオシャレアイテムに見えるのが不思議だった。

(普段から健康にも気を遣ってるんだな。プロ意識が高いというか、ストイックというか)

そんなことを思いながら、灯也《とうや》は雫《しずく》たちとすれ違う。

と、その間際、こちらに気づいた雫《しずく》が小さく手を振ってきた。

それは周囲の者たちにも当然気づかれていたが、灯也《とうや》も反射的に手を振り返す。

「え、雫《しずく》ちゃん誰今の？」

「同じクラスの人だよ〜」

「へぇ〜、誰かわかんないや」

談笑しながら雫《しずく》たちは離れていき、灯也《とうや》は姿が見えなくなったところで大きく息をつく。

「……同級生相手に、俺はなにを緊張してるんだか」

関係が同じというのは、厳密には違った。

灯也《とうや》は自販機の前で雫《しずく》と会話をして以来、彼女のことを微妙に気まずい相手だと意識するようになっていたのだ。

「つーかお前、完全にオレの存在を忘れてるだろ」

「悪い修一《しゆういち》、それどころじゃなくて」

「この野郎っ」

修一《しゆういち》とじゃれ合っている間にも、雫《しずく》のことが頭をよぎる。

あの笑顔の裏にある、素顔の部分を知ってしまったからかもしれない。

近いうちに何かがあるんじゃないか、と。

灯也《とうや》は嫌な予感を覚えずにはいられなかった。

◇

そんなこんなで数日が経《た》ち。

週末に入ったことで、灯也《とうや》は昼間からバイトをしていた。

やはり休日のカラオケは混み具合が尋常じゃない。すぐに満室になり、フード対応や機器トラブルの対応などで駆け回る羽目になった。

そうして客対応に追われること数時間。

客足もようやく落ち着いてきた頃、雫《しずく》が来店してきた。

今日はゆったりとした白いパーカーにグレーのジャケットを重ね、黒いプリーツスカートを合わせたシックなコーディネートだ。

頭にはいつものキャップを被《かぶ》り、眼鏡はかけていないが、黒い布マスクを着用していた。

「ご来店ありがとうございます。こちらの用紙にご記入ください」

雫《しずく》は慣れた様子で『柏井《かしわい》』と記入してから、ちらと視線を向けてきて言う。

「これ、マネージャーの名前なんだ。身バレすると面倒な職業だし、たとえ店員相手でも私がこの店を利用してるって気づかれるのは避けたいから、できれば見逃してほしい」

「当店には、非会員の方に本人確認をする決まりはございませんので」

「そっか。ここ使いやすくて気に入ってるから、場所を変えなくて済むのは助かる」

これで一段落かと思いきや、雫《しずく》の目つきが鋭くなった。

「……でも本心では、どのツラ下げて来たんだ、って思ってるんじゃないの？」

声のトーンは低く、強い警戒心を感じさせる。

そのせいか、こちらが責められているような気分になった。

「思ってないけど、どうしてそんなことを？」

「だって、聞いたんでしょ？　私が叫んでいるところ」

「気づいてたのか」

「あのとき瀬崎《せざき》くんは扉を閉め直していたから、あとになって考えてみたら聞かれたのかもと思って。――でも、やっぱり聞かれてたか」

どうやら、またしてもカマをかけられたらしい。とはいえ、雫《しずく》側からすればそうするのも無理はない気がした。

ヒリつく空気の中、灯也《とうや》は常套手段《じょうとうとう》に頼ることを決める。

「ワンドリンク制なので、こちらのメニューからお選びください」

「ホワイトウォーターで。――てか、普通に流すんだ？」

「お客様には、なるべく快適な環境でお楽しみいただきたいと思っておりますので」

灯也《とうや》なりの営業スマイルを浮かべてみたのだが、雫《しずく》はジト目を向けてきて言う。

「っていうのは、建前で？」

「本音は気まずいから無難にやり過ごしたいだけだ。俺の処世術みたいなものだよ」

「ぷっ、あははっ。素直すぎ」

マスク越しでも、雫《しずく》が笑っているのがわかった。

その無邪気な笑顔は、普段から学校などで見せる笑顔とは違うものに思える。

ともかく、おかげで重い空気はどこかへ吹き飛んでいた。今は警戒心だってほとんど感じられない。

「もういいだろ、そろそろ他のお客さんも来るかもしれないし」

「でもピークタイムは過ぎてるよね？」

「それでもバイト中だから。お給料を貰《もら》っている以上は、真面目に働かないとな」

「うっ、その言葉は今の私に刺さる……」

ちらと雫《しずく》が横目に見たのは、ロビーに取り付けられた巨大モニター。

ちょうどそこには、笑顔を振りまくアイドル・姫野《ひめの》雫《しずく》のライブ映像が流れていた。

アイドルだって仕事である以上、賃金をいただいている立場に変わりはない。ゆえに思うことがあったのか、雫《しずく》はげんなりした顔つきでトボトボと離れていく。

「お客様ー、個室のプレートをお忘れですよー」

灯也《とうや》がその背に声をかけると、雫《しずく》はため息交じりに戻ってくる。

「店員さんの心ない一言のせいで、快適に歌える気がしません」

「それと扉の建て付けが悪いので、閉める時はしっかり閉まっていることをご確認ください」

「うわ、うざー」

雫《しずく》はわざわざマスクに指をかけてめくると、不満そうにあっかんべーをして去っていく。

「案外子供っぽいところもあるんだな」

「聞こえてるから」

「う、失礼」

なかなかの地獄耳らしい。姿が見えているうちは下手なことは言えないなと灯也《とうや》は思った。

雫《しずく》が個室から出てきたのは、それから一時間ほどが経過してからだった。

彼女が短時間の利用で済ませることは珍しくない。このときも灯也《とうや》が受付を担当していたので、普通に会計を済ませていたのだが。

「あのさ、バイトっていつ終わるの？」

来たときよりも些《いささ》か落ち着いた様子で、雫《しずく》が淡々と尋ねてくる。

ゆえに灯也《とうや》もなんとなしに、「あと一時間くらいかな」と答えた。

「じゃ、そこのカフェで待ってるから、終わったら来て」

「え、なんでだよ？」

「いいから。それじゃ、残りもがんばってね」

ひらひらと手を振って、雫《しずく》は店を後にする。

灯也《とうや》は呆然《ぼうぜん》としながらその背を見送って、しばらく放心してしまった。

「ええ、なんだ今のは……？」

急に呼び出し的なことをされて、灯也《とうや》は動揺を隠せないでいる。

それからの勤務で集中力を欠いてしまったのは、言うまでもなかった。


すっかり日が暮れた頃、灯也《とうや》はバイトを終えて店を出る。

言われた通りに近くの喫茶店に入ると、奥の方のカウンター席に雫《しずく》の姿があった。

雫《しずく》はマスクを着用しており、遠目からだと人気アイドル・姫野《ひめの》雫《しずく》と同一人物には見えない。

ひとまず声をかけると、スマホをいじっていた雫《しずく》が顔だけ向けてきた。

「よう。来たぞ」

「おつかれ。座れば？」

さらっと言われた通り、隣は空いている。

座るよう促してきたということは、ここに長居するつもりなのだろうか。

「いや、俺はなにも頼んでないし」

「私が奢《おご》るから、好きなものを頼んできていいよ」

「マジか」

「うん」

女子に奢《おご》られるのは少々抵抗があったものの、相手は人気アイドル。時折カラオケでバイトをしているだけの一般的な男子高校生よりかはよっぽどお金持ちに違いない。

というわけで、灯也《とうや》は素直に奢《おご》られることにした。

灯也《とうや》が受取口でブレンドコーヒーを受け取ってから席に戻ると、マスクを取った雫《しずく》が退屈そうに頬杖《ほおづえ》をついていた。

「待たせたな」

「え、それだけ？」

「ああ。三百五十円だったぞ」

「奢《おご》り甲斐《がい》ないなー」

「そんな文句を言われるとは思わなかったよ」

言いながら座り、灯也《とうや》はコーヒーに口を付ける。

「ふぅ」

「ま、いいけど」

雫《しずく》は財布の中にちょうど払える小銭がなかったらしく、五百円玉を手渡してきた。

なので灯也《とうや》は百五十円を返す。

「よく細かいって言われない？」

「言われる。あと律儀《りちぎ》だとも」

「あー、自覚はしてるんだ」

再び灯也《とうや》はコーヒーに口を付ける。

出来立てなのでそれなりに熱く、灯也《とうや》はちびちびと飲んでいく。

雫《しずく》の方はアイスカフェオレを頼んでいたようだが、グラスにはわずかばかりの氷しか残っていなかった。

だからか雫《しずく》からの視線を感じながらも、灯也《とうや》はひとまずカップの中身を空にするつもりで飲み進めていく。

「ねぇ、もしかして緊張してる？」

「……ああ」

「へー、意外」

「俺をなんだと思ってるんだよ。そりゃ、女子にいきなり呼び出されたら緊張もするって」

ここは素直に答えたつもりだが、なぜだか雫《しずく》はきょとんとしていた。

不思議に思った灯也《とうや》が「何か変なことを言ったか？」と尋ねると、雫《しずく》は首を左右に振る。

「そういえば、そうだったね」

「何が？」

「瀬崎《せざき》くんは、私のファンじゃないってこと」

「…………」

アイドル本人に対して、ファンじゃないと明言するのはさすがに抵抗があったので、灯也《とうや》は再びコーヒーに口を付けてやり過ごそうとする。

けれど、いつまで経《た》っても雫《しずく》が続きの言葉を発しないので、灯也《とうや》は観念して口を開いた。

「まあ、その通りだな」

「というか、そもそも私に興味ないでしょ？」

「……いや、有名人だしすごいとは思ってるぞ？　ネットじゃ女神とか呼ばれているんだろ」

「変に気とか遣わなくていいから。見てれば大体わかるし」

「なら、おっしゃる通りです」

なかなか言いづらいことを伝えたので、どうなることかと思ったが、

「うん、私もまだまだってことだよね」

雫《しずく》は落胆した風でもなく、あっさりと言った。

てっきり不機嫌にでもなられるかと思ったが、そうでもないらしい。

「謙虚なんだな」

「まあね」

「全人類が自分のファンじゃないと気が済まない人とかだったら、どうしようかと思ったぞ」

「そういうことは面と向かって言えるんだ」

「なんとなく、空気感でな。さっき気を遣うなって言われたし、姫野《ひめの》は思ったよりも話しやすい相手なのかと考えを改めたんだ」

灯也《とうや》がありのままに思ったことを言うと、雫《しずく》はどことなく嬉《うれ》しそうに微笑《ほほえ》んだ。

「その割に、前からちょいちょい失礼なことは言われていた気がするけど」

「そこは俺の悪癖だな。チャームポイントとも言うが」

「今のはちょっと痛いかも」

「そっちは結構グサッとくることを言うよな……。あと、チャームポイントっていうのはさすがに冗談だ」

「瀬崎《せざき》くんの冗談わかりづら〜」

軽口を叩《たた》くようなやりとりを交わしたおかげで、幾分か話しやすくなってきた。

それゆえに、灯也《とうや》は思い切って口を開く。

「で、そろそろ呼び出された理由を聞いてもいいか？」

灯也《とうや》の中での大方の予想はこの間の件についてで、あとは微《かす》かな可能性として、色恋関連の話という線もあるにはあったわけだが、

「ん？　……あー、収録までまだ時間があってさ、瀬崎《せざき》くんもバイト終わるみたいだし、ちょっと話し相手になってもらおうと思って」

「な、なるほど……」

ドキドキしたぶん損をした気分である。

いや、よく考えればアイドルに色恋沙汰はご法度《はっと》だったと気づかされる。それにそもそも、灯也《とうや》と雫《しずく》はちゃんと関わるようになってから、まだあまり時間も経《た》っていないわけで。

「なんか落ち込んでる？」

「いや、べつに」

落胆の気持ちが顔に出ていたのだろうか。とはいえ、恥ずかしいので期待していたことは口に出せないが。

そんな灯也《とうや》を見たからか、雫《しずく》は補足をするように言う。

「んー、あとはそうだな、二人でちゃんと話してみたかったのはあるかも」

「あんまりそういうのは、男に言わない方がいいと思うぞ。普通に勘違いされるから」

「え、それって恋愛的にってことだよね？　私はアイドルだし、普通は勘違いしないって」

「そうなのか？」

「そうだよ。瀬崎《せざき》くんってほんと、私のことを普通の女子だとしか思ってないんだね」

呆《あき》れているのかわからないが、雫《しずく》は妙に優しい笑みを浮かべてみせる。

表情からして怒っていないことだけはわかるが、軽率な発言だったかもしれない。

「なんかすまん」

「謝る必要ないって。私的に、瀬崎《せざき》くんは面白い人だなって思ってるし」

「お、おう？　喜んでいいのか微妙な評価だな」

「喜びなよ。個性は大事にしないと」

雫《しずく》はやたらと愉快そうに笑い、手をグーにして向けてくる。なんだかその言い方からは珍獣を愛《め》でるようなニュアンスを感じなくもないが、灯也《とうや》はこれ以上の追求を諦めた。


それからしばらくは、たわいのない話をした。

互いの学校での交友関係だとか、好きな飲み物の話だとか。

雫《しずく》からは「事務所のＨＰにだいたいのことは載ってるよ」と言われたが、本人を目の前にして調べる気にはなれず、灯也《とうや》は家に帰ってから見るとだけ答えた。

体感では数分だったが、実際には一時間近く話し続けた頃。

「ちなみに収録って、何時からなんだ？」

灯也《とうや》はふと思い出して尋ねていた。

「二十時半から。まだちょっとだけ話せるね」

「結構遅いんだな。帰りとか平気なのか？」

「マネージャーに車で送ってもらうから平気だよ。――というか、さっきから質問の内容がお母さんみたいでウケる」

「面白味がなくて悪かったな」

「あはは、すねるなよー」

雫《しずく》から肘で脇腹を小突かれて、灯也《とうや》はこそばゆい気持ちになる。

素の雫《しずく》は口調などがサバサバしているぶん、スキンシップなんかも自然にしてくる。雰囲気に隙があるというか、これでは余計に普通の女子と変わらない気がしてくるから困りものだ。

（いや、そもそも特別扱いしてほしいわけじゃないのか？）

などと灯也《とうや》が思っていると、

「瀬崎《せざき》くんはさー、全然聞いてこないんだね」

ふと、思い立ったように雫《しずく》が口にした。

この言い方だと、カラオケで叫んでいた件についてだろうか。

「それなりには気になってるけど、俺が聞いても仕方のないことだろうしな」

「へー、そういう感じなんだ」

驚いた風に雫《しずく》は言うが、灯也《とうや》からすれば大したことは言っていないつもりだ。

「誰にだって、上手《うま》くいかないことの一つや二つはあるかなって思うし」

「達観してるな〜」

「ガキっぽいだろ？　でもまあ、実際にガキなんだから許してくれ」

「むしろオジサンっぽいかも？」

「その言い方は地味に傷付くな……」

「あー、ごめん。正直に言い過ぎた」

全然悪びれる様子のない雫《しずく》に対し、灯也《とうや》は苦笑することしかできなかったが、雫《しずく》が楽しそうなので悪い気はしなかった。

「でもまあ、そっちが話したいなら聞くぞ。これでも愚痴の受け止め方はそれなりに慣れているつもりだ」

「言い方ウケる。ていうか、聞き流し方の間違いじゃない？」

「そうとも言うか」

「そっちも正直すぎ〜」

雫《しずく》は空のグラスを見つめながら、ため息交じりに言う。

「大したことはないから、心配しないでいいよ。瀬崎《せざき》くんの言う通り、ちょっと上手《うま》くいかないことに腹が立っていただけ」

「そうか」

「うん、そう。本当にそれだけ。──あ、カラオケには叫びに行ってるとかそういうこともないから。ああいうのは本当に、たまにやるだけ」

灯也《とうや》は内心で『あれが初めてだったわけじゃないのか……』とも思ったが、ひとまず口には出さないでおくことにした。

「ま、ちゃんと扉さえ閉めてくれれば、俺は何も言わないさ」

「おー、カラオケ店員の鑑《かがみ》じゃん」

「なんだろう、全然褒められている気がしないんだが」

「褒めてる褒めてる。今どき珍しいよ、お客様は神様の精神を体現してる人って」

「そういうわけでもないんだけどな」

おそらく雫《しずく》は、灯也《とうや》が『そういうわけでもない』ことを理解した上で言っているのだろう。

つまり軽口の一環というわけだ。

今まで同級生の女子とこんな風に話す機会はあまりなかったわけで、灯也《とうや》は一種の充実感を覚えていた。

だからスマホを確認した雫《しずく》が、荷物をまとめ席を立つと物寂しい気持ちになってしまう。

もうこれでこんな時間は終わりを迎えるのだと、実感させられた気分だった。

けれど、これから仕事だという相手を引き留める気にもならず、灯也《とうや》も続いて席を立つ。

「もう時間か」

「うん、そろそろ向かわないと」

「んじゃ、出ますか」

「だね」

二人して店を出てから、駅の方へと向かう。

「〜♪」

並んで夜道を歩く中、雫《しずく》が鼻歌を始めた。

……これは、少し前に流行《はや》った男性シンガーのバラード曲だろう。

特有の低音は女性からすればなかなか出しづらいはずだが、雫《しずく》の場合は難なく歌えている。

「上手《うま》いな」

「これでも歌手ですから」

「アイドルって歌手に含まれるのか？」

「失礼な。というか、私がアイドルだってこと覚えてたんだね？」

何を当然のことを、と灯也《とうや》は思いつつ答える。

「そりゃあ有名だしな。さすがにそこまで世間知らずってわけでもないぞ」

「じゃあやっぱり、瀬崎《せざき》くんは物の捉え方が違うのかな？」

「え？」

「ううん、変なこと言った。忘れて」

駅が見えてきたところで、灯也《とうや》はふと気づいたことを口にする。

「姫野《ひめの》、マスクはしなくていいのか？」

「あ、忘れてた。いけないいけない」

雫《しずく》はすぐさまマスクをした後、こちらを横目に見てくる。

「瀬崎《せざき》くんって、見てないようで意外と見てるよね」

「かもな。一般的な処世術の心得くらいはあるつもりだし」

そこで雫《しずく》はマスクを顎下にずらしてみせ、

「ふふ、ありがとね」

心底嬉《うれ》しそうに微笑《ほほえ》んだ。

その微笑《ほほえ》みは、街の明かりに照らされたせいかやけに眩《まぶ》しく見えて。

お礼はマスクの未装着を気づかせたことに対してか、それとも他の何かに対してなのかはよくわからなかったが、ちょうど駅に着いたこともあって確認はしなかった。

でも灯也《とうや》にとって、とても印象的な微笑《ほほえ》みだったのは間違いない。

雫《しずく》はマスクを付け直してから、くるりとこちらに向き直ってくる。

「瀬崎《せざき》くんは電車じゃないんだっけ？」

「ああ。家は徒歩圏内だ」

「じゃ、ここでバイバイだね。私はこれから仕事だ」

「おう、いってらっしゃい」

「――ッ。……いってきます」

なぜだか雫《しずく》は照れくさそうに視線を逸《そ》らしてから、小さく手を振って去っていく。

その背を見送りながら、マスク越しでも意外と表情はわかるものだな、と灯也《とうや》はズレた感想を抱いていた。

第二話　一緒に息抜きを

週が明けると平日が始まる。

朝早くに登校して、HRが始まるまでは自由に過ごすものだ。

授業の準備をする者、クラスメイトと談笑する者、机に突っ伏して少しでも寝ようとする者等々。

そしてこの日の灯也《とうや》はといえば、提出する課題の確認を済ませているところだった。

「おはよっ」

鈴の音のような声がかけられると同時に、ひょいっと覗《のぞ》き込んできたのは美少女アイドルのご尊顔。

あまりの近さに灯也《とうや》は驚きつつ、「おはよう」と挨拶を返した。

雫《しずく》は特に会話を続けるわけでもなく離れていき、他のクラスメイトたちにも元気よく挨拶をしていく。

彼女の存在が室内の空気を明るくする中、灯也《とうや》だけは異なる感想を抱いていた。

(なんか、違和感がすごいな……)

先日、素の雫《しずく》と長く会話をしたせいか、愛嬌《あいきょう》満点なアイドルモードの雫《しずく》を見ていると、妙な違和感を覚えてしまった。

だからどうしたという話ではあるので、灯也《とうや》は頭の中のモヤモヤを振り払うしかないわけだが。

と、そこで修一《しゅういち》が興奮ぎみに近づいてきた。

「なあなあ、灯也《とうや》は今週のマガジャン買ったか？」

「買ってないけど、どうせ『六しこ』だろ？」

週刊の少年漫画誌マガジャンで連載中の女子高生サッカー漫画『六人のなでしこ』——略称『六しこ』は、修一《しゅういち》のお気に入りだ。アニメ化と実写映画化が決まった人気作である。

けれど、今回のお目当ては少々違うようで、修一《しゅういち》は今朝買ったらしいマガジャンを机に出してくる。

その表紙には、水色のサッカーユニフォーム風Tシャツを着た姫野《ひめの》雫《しずく》が写っていた。

いわゆる、表紙グラビアというやつだ。

「へぇ」

「やばくね？　姫野《ひめの》雫《しずく》とユニフォームの組み合わせとかマジ女神だろ！　ＳＮＳでもだいぶバズってるし、近所のコンビニでもこれが最後の一冊だったぜ。やっぱグラビアは電子じゃなくて現物に限るよな！」

「いや、これはユニフォーム風のTシャツってだけだろ。てか本人が教室にいるのに、よくこういうのを広げるよな……」

「こういう布教も応援の一環だろ。盛り上がってるのはオレだけじゃないしな」

ふと気づけば、クラスの何人かが所持して眺めていたし、雫《しずく》のグループもグラビアの話題で盛り上がっているようだ。

当の雫《しずく》は相変わらずの笑顔で、嫌がっているようには見えなかった。

（まあ、本人が嫌がってないならいいのか）

そう思い直した灯也《とうや》は、漫画雑誌に視線を戻す。

「確かにすごいスタイルだな。特集ページのウインクも様になってるし」

「だろ～？　こんな女神と同じクラスとか、オレらの青春も捨てたもんじゃないよな～！」

「お前の青春は彼女がいる時点で捨てたもんじゃないだろ……」

「それはそれ、これはこれってな！」

調子の良《い》いことを言って、修一《しゅういち》は一種の熱に浮かされたような盛り上がりを見せている。

灯也《とうや》からすれば、真似《まね》のできない熱量だ。

「もうわかったから。そろそろ席に戻れよ、HRが始まるぞ」

言ったそばから予鈴が鳴り、クラスメイトたちは自分の席に戻っていく。

「それ、放課後まで貸してやるよ。オレはもうひと通り読んだしな」

「早いな。じゃあ遠慮なく」

「おう！　六しこの感想も聞かせてくれよな！」

「ああ、わかってる」

そう答えつつ、灯也《とうや》は借りた漫画雑誌を机の中にしまった。

少なくとも、雫《しずく》本人がいる空間で堂々と読む気にはならなかったからだ。


二限目の授業にて。

古文の教師が休みとのことで、急遽《きゆうきよ》自習になった。

自由な校風の藤咲高校では、自習時間ともなればスマホをいじるのも黙認される。

代わりの教師が教卓に居座っているので、さすがにどの生徒も室内を立ち歩くことはしないが、多少の談笑だって許されるくらいには緩い環境だ。

そしてタイミングが良《い》いと言うべきか、灯也《とうや》の手元には暇つぶしの手段もある。

修一《しゆういち》から借りた漫画雑誌だ。

ちらと窓際《まどぎわ》に座る雫《しずく》の方を見遣《みや》ると、熱心な様子で何かに向き合っていた。やはり学年トップクラスの成績優良者は、自習時間もフルで活用するのだろうか。

それに比べて自分は、これから漫画雑誌を読もうとしている。

しかもグラビアに載る本人と同じ空間で、だ。

灯也《とうや》の中には形容しがたい罪悪感が生まれるとともに、好奇心が疼《うず》き始める。

ここで我慢するのはさすがにしんどいので、灯也《とうや》は机の中から漫画雑誌を取り出した――。


昼休み。

漫画の感想会と称して、灯也《とうや》は修一《しゆういち》とともに学食を訪れていた。

食事がてらにひと通りの感想を語り終えてから、まだ少し時間はあったが教室に戻ることにする。

「いや〜、灯也《とうや》もユニフォーム美少女の魅力をわかってくれたようで何よりだ」

「俺も前から言ってるだろ、美少女は目の保養になるって」

「その感想が枯れたオッサン臭いんだよな〜」

「言ってろ。修一《しゆういち》みたいに騒がしいよりかはマシだ」

言い合いながら、二人はどこか満ち足りた気分で廊下を歩く。

やはり少年誌のグラビアは素晴らしいものだということを再確認し、なおかつその気持ちを共有し合ったのだ。今の二人が高揚するのも無理はない。

そのとき灯也《とうや》は遠くの方、中庭の入り口辺りで友人たちと別れる雫《しずく》の姿を見つけた。

結局、雫《しずく》はあの二限の自習時間中に一度も集中力を切らすことなく、何かに向き合っていたようだった。

あの熱心で真剣な横顔がどうにも引っかかって、灯也《とうや》は気になってしまう。

ゆえに、それを確認してみようと決める。

「悪い、ちょっと俺外すわ。先に戻っててくれ」

「うぃー」

修一《しゅういち》に別れを告げてから、灯也《とうや》は駆け足になった。

どうしてだか雫《しずく》は中庭の方へと出ていったので、その後を追う。

中庭にはまだ何人かの生徒がいたが、雫《しずく》の姿は見当たらない。

この先にはグラウンドか、校門の方へと続く通路と駐輪場ぐらいしかないはずだ。

あと他には、校舎と繋《つな》がっている非常階段があるくらいで――

「あ」

そこで遠くに雫《しずく》の姿を見つける。

彼女は何やら真剣な様子でスマホに目を通しながら、非常階段をゆっくりと上がっていた。

灯也《とうや》が後を追うと、二階と三階部分を繋《つな》ぐ非常階段に雫《しずく》が腰かけていた。

こちらに気づいた雫《しずく》は、にっこりとした笑顔を向けてくる。

「あれ？　瀬崎《せざき》くんだ。こんなところで会うなんて奇遇だね～、一人？」

その明るい表情も声色も、みんなに愛されるアイドル・姫野《ひめの》雫《しずく》そのものだった。

灯也《とうや》は追ってきた理由をどう説明するか悩みつつ、深呼吸をしてから答える。

「一人だよ。奇遇というか、姫野《ひめの》の姿を見つけて追いかけてきたんだ」

灯也《とうや》がそう答えた途端、雫《しずく》の顔から一瞬にして活気が失《う》せる。

「——なんだ、そういうことなら早く言ってよ。顔作っちゃったじゃん」

愛想《あいそ》も何もあったものじゃない、素顔のサバサバ女子に様変わりである。

「ほんとにいつ見ても惚《ほ》れ惚《ぼ》れするくらいの二面相だな……」

「それ褒めてる？」

「褒めてる褒めてる」

「ならいいけど。——で、何か用？」

雫《しずく》は手にしたスマホに視線を戻しつつ、淡々と用件を尋ねてくる。

やはり何か取り込み中だったのかと思い、灯也《とうや》は申し訳ない気持ちになった。

「用というか、ちょっと気になっただけだ。邪魔をしたなら悪かったよ」

「ううん、平気。漫画読んでるだけだし」

「漫画？」

灯也《とうや》の問いに答えるように、雫《しずく》はスマホの画面を向けてくる。

そこには『六人のなでしこ』の原作第三巻の内容が映っていた。

「って、『六しこ』じゃないか。そういえば、姫野《ひめの》はマガジャンのグラビアをやっていたな」

「うん。私、これの映画に出るからね」

「えっ、マジか？」

「マジだよ。アイドルってある意味ではマルチタレントだから」

昨今のエンタメ業界は境目が曖昧になっていると聞くし、アイドルは以前にも増してマルチタレント化しているのかもしれない。

雫《しずく》からすればそれは喜ばしいことなのか、少々上機嫌なのが伝わってきた。

「すごいな、誰役だ？　って、こういうのを聞いてもいいのかわからないけど」

「メインじゃないよ、怪我《けが》で引退しちゃった伝説のサッカープレイヤー役。いわゆるキーキャラクターかな。……というかこれ、公式で発表済みの情報なんだけど？」

「知らなかったよ。キーキャラクターって時点で十分すごいと思うぞ」

「ふーん」

言いながら、雫《しずく》がスマホから目を離すことはない。

その仕草を見ていて、灯也《とうや》はあることを思い出した。

「もしかして、今日の自習時間に読んでいたのもそれか？」

「うん。学校に台本を持ってくるわけにもいかないから、代わりにね。勉強熱心でしょ」

「だったらやっぱり邪魔をしたな。本当に何をしているのか気になっただけだし、俺はもう戻るよ」

「待って」

意外なことに呼び止められたので振り返ると、雫《しずく》が真《ま》っ直《す》ぐに見つめてきて言う。

「瀬崎《せざき》くんはさ、何か部活とかやってる？」

「やってない。去年はバスケ部に入ってたけど」

「バスケかー。結構ガチめだった？」

「まあ、そうだな。インターハイ——いわゆる全国大会を狙っているくらいにはガチだったと思う」

「へー。やめた理由とか聞いてもいい？」

「……そんなことを聞いてどうするんだ？」

躊躇《ちゅうちょ》する灯也《とうや》に対し、雫《しずく》はきょとんとした顔で続ける。

「ちょっと参考にしたくて、映画のために。私って部活とかやったことないから、なんとなくでしか想像できないんだよね」

「なるほど、そういうことか。だったらなんでも答えるよ」

「ありがと」

「で、部活をやめた理由だったか」

「うん」

灯也《とうや》は踊り場の壁に寄りかかりながら思案し、伝えるべき情報をかいつまんで口にする。

「俺が部活をやめたのは、部員や顧問と方向性が合わなかったから……かな」

「意外」

「そうか？　運動部あるあるというか、退部する理由としてはよくある方だろ」

「じゃなくて、瀬崎《せざき》くんが他人と合わないって判断をするのが、意外って意味でさ」

雫《しずく》は淡々と言うものだから、その言葉が本心なのかどうかがわかりづらい。ただ、灯也《とうや》としては『なんでも答える』と言った以上、なるべく包み隠さず説明するしかないわけで。

「姫野《ひめの》にとっての俺がどんな印象かはわからないけど、やるなら本気で全国を目指したかったしな、俺も」

「話し合ったりはしたの？」

「もちろん」

「でも折り合いは付かなかったんだ」

「ああ。顧問は根っからの旧来気質で、部員たちは平和主義。説得しようにも俺は新入生だったし、現状維持が一番だって考えている人たちに、変化を促すのは難しかったよ。目指しているところは、同じだったはずなんだけどな」

灯也《とうや》は語っているうちに、自然と空を仰いでいた。

届かないものに手を伸ばすような、漠然とした無力感を思い出しながら。

すると、雫《しずく》は小さく頷《うなず》いてから言う。

「それはちょっとわかるかも。そういう人たちを動かすためには、結局のところ『結果』で示すしかないんだよね。むしろそこからがスタートラインっていうか」

雫《しずく》の淡々とした口調は相変わらずだが、こちらの意見をしっかりと受け止めた上での言葉なのは、痛いくらいに伝わってきた。

ここで灯也《とうや》が心苦しく感じたのは、『結果』の部分だ。

周囲が平和主義だろうが旧来気質だろうが、灯也《とうや》が入ったばかりの新入生だろうが、実力で結果を示すことができていたら、何かが変わったのかもしれない。

でも、灯也《とうや》はそれを実行に移すことができなかった。

灯也《とうや》はバスケットボールを小学生の頃から続けてきて、中学時代は都の選抜選手にも抜擢《ばってき》されるほどの実力者だった。けれど、それでも新しい環境をいきなり変えられるほどの才能は備わっていなかった——と、少なくとも灯也《とうや》自身は考えていた。

ゆえに、今は思うのだ。一番の問題は自分自身だったのだと。

部活をやめてからの灯也《とうや》は、基本的に現状維持をする、事なかれ主義の日々を送っている。元が熱心な部活人間だったので、今は他人から見れば冷めている、あるいは努力を諦めたように見えても仕方のない状態だ。現に灯也《とうや》は、自分を含めて誰にも期待しなくなっていた。

……なので今日、こうして雫《しずく》を見かけて気になったからと、会うために行動を起こしたことは、灯也《とうや》自身も驚いていた。

目の前の雫《しずく》は意図を汲《く》み取《と》ってくれるとはいえ、灯也《とうや》とは立場も在り方も異なる存在だ。ジャンルは違えど、世間的に見れば彼女は勝者であり、それだけの才覚が備わっていることになる。もしかすると自分にはない、そのカリスマ性に惹《ひ》かれたのかもしれない。

などと自己分析をした灯也《とうや》は、改めて彼女が遠い存在だと実感した気がしていた。

「……悪い、なんか愚痴みたいになって」

「ううん、参考になったよ。それに、瀬崎《せざき》くんのこともちょっと知れたし」

「俺のことを知って、何か意味があるのか？」

「あるよ。私は知りたかったから」

淡々と言い切った雫《しずく》を前にして、灯也《とうや》は妙な充足感を味わっていた。

その『知りたい』という欲求がどんな感情から来るものなのか、灯也《とうや》には想像もつかない。でも雫《しずく》からすれば、灯也《とうや》は興味を持つべき対象と判断していることがわかったからだ。

「なんだそれ。姫野《ひめの》って変わった奴《やつ》だな」

つい照れ隠しで灯也《とうや》が言うと、雫《しずく》もはにかむように微笑《ほほえ》んでみせる。

「その言葉、そっくりそのまま返すよ」

……と、そこで予鈴が鳴った。雫《しずく》はすっと立ち上がり、灯也《とうや》も壁から離れる。

「そういえば、姫野《ひめの》の演技って見たことないな」

「見る？　初出演の映画なら、予告映像にちょっと出てるけど」

「え、ああ」

雫《しずく》はスマホをいじりながら階段を下りてくると、灯也《とうや》の隣に並んで画面を見せてきた。

画面には『あまえんぼの恋』という映画タイトルの予告映像が流れていて——

『——よ～し、ここは親友である私が相談に乗ってあげよう！』

女優・姫野《ひめの》雫《しずく》が能天気な友人キャラとして出演していた。

これはなんというか、感想に困るレベルである。

「……なんか、普段とノリがあまり変わらないな」

「でしょ。あくまで本業はアイドルだから、イメージを崩さない配役を——っていうのが、うちの事務所の方針でね。この分だと、当面メインキャストとかは演じられないと思う」

雫《しずく》は雫《しずく》なりに、苦労しているというわけだ。

この言い方だと、やはり女優業の方に力を入れたいのかもしれない。

「でもこの映画って去年のやつだろ。一年あれば方針とかも変わったりしないのか？」

「どうだろ。今回の映画だってオファーはメインで来たけど、事務所側が『熱血スポーツ描写は合わない』って判断をしたからサブポジションになったわけだし、変わらない気がするな」

「へぇ。ちなみにオファーって、どの役で来たんだ？」

「後輩のサユだよ。——『先輩のためにぃ、サユがスポドリ作っときました～♪』って感じの小悪魔キャラ」

「おぉ……」

後輩キャラのサユなら灯也《とうや》も知っている。あざとい小悪魔タイプで読者からも一定の人気があり、今の雫《しずく》の即興演技を見た限りだと、演じられれば話題になるかもしれない。

「ま、文句を言っても仕方がないけどね。ほら、本鈴が鳴る前に行こ」

「ああ」

階段を軽快に下りていく雫《しずく》に続いて、灯也《とうや》も駆け足になる。

「やっぱり姫野《ひめの》は、素の口調の方が落ち着くな」

灯也《とうや》はその背を見ながら、ふと思ったことを口にしていた。

すると、雫《しずく》が不満そうにジト目を向けてくる。

「それ、遠回しにディスってる？」

「ないない。気に障《さわ》ったなら謝るよ」

「ディスってないならいい。私も嫌な気分はしないし」

そうして無人の中庭を通り過ぎ、校舎内に戻る。

ここからは別々で行こうとしたのだが、

「べつに後ろめたいことはないし、一緒に教室まで行けばいいよ。――ねっ、瀬崎《せざき》くん？」

再びアイドルスマイルを向けられて、灯也《とうや》は苦笑しつつも頷《うなず》く。

急いで戻ったおかげで、二人とも本鈴が鳴る前に教室へ着くことができたのだった。

◇

「日直、片付けは頼んだぞー。先生はこれから職員会議があってな」

　この日は四限が化学の授業で、終了のチャイムが鳴るなり、担当の女性教師がそう言い残して化学室を後にする。

「灯也《とうや》どんまいっ」

　修一《しゅういち》が腹立つニヤケ面で肩を叩《たた》いてきた通り、今日の日直は灯也《とうや》だった。

「ツイてねえ。どうせ暇なんだし、修一《しゅういち》も手伝って――」

「悪い、オレは彼女とイチャラブ通話会議の予定があるからパスだ！」

「薄情者め……」

　げんなりする灯也《とうや》に構わず、修一《しゅういち》は我先にと化学室を出ていく。

　ただでさえ、昼休み前の化学実験でテンションがだだ下がりしていたというのに、その上で器材の片付けまで頼まれるとは。本当にツイてないとしか言いようがない状況である。

　続々とクラスメイトたちは去っていき、遠目に雫《しずく》たち女子集団が出ていくのを見送った後、灯也《とうや》は一人きりになったところで、ようやく重い腰を上げた。

「さて、やりますか」

先ほどの実験で使用したビーカー入りのラックを、隣の準備室に移動するべく持ち上げる。

まず一つを準備室に運び入れた辺りで、パタパタと近づいてくる足音が聞こえた。

これは化学の担当教師が忘れ物でもしたのかと思ったが、

「やっほー、忙しそうだね」

入り口からひょこっと顔を覗《のぞ》かせたのは、まさかの雫《しずく》だった。

意外な人物に驚きはしたものの、灯也《とうや》は作業を進めつつ口を開く。

「ほんとにツイてないよな。そっちは忘れ物か？」

「ま、そんなとこ。——あったあった」

雫《しずく》が黒塗りの机の引き出し部分からノートを取り出して、わざわざ見せつけてくる。

今は灯也《とうや》と二人きりだからか、口調や態度は素のサバサバした状態だった。

「ノートだけ忘れたのか」

「まあね。でもついでだし、私も手伝ってあげよう」

「マジか」

「マジマジ」

雫《しずく》は言いながら、ビーカー入りのラックを重そうに持ち上げる。

「うっ、これ重っ。どう考えてもうちのクラスのぶんだけじゃないでしょ、この量」

「……もしかして、手伝うためにわざわざノートを置き忘れたのか？」

「考えすぎじゃない？　――わっとっと」

灯也《とうや》はふらついた雫《しずく》に駆け寄り、ラックを一緒に支える。

思いのほか距離が近くなったので、灯也《とうや》は視線を逸《そ》らした。

「危ないな。気を付けろよ」

「ん、ごめん」

二人でそのラックを運んだ後、灯也《とうや》は教卓に山積みされたノートを指差して言う。

「姫野《ひめの》はそっちを運んでくれ。ラックは俺がやるから」

「ほーい」

「あとその、なんだ、ありがとな」

灯也《とうや》が照れぎみに礼を言うと、雫《しずく》がすれ違いざまに脇腹を小突いてくる。

「ふふ、言うのが遅いって。あと照れすぎ」

「しょうがないだろ、まさか手伝いが来てくれるとは思わなかったんだから」

「瀬崎《せざき》くんは人望ないなー」

「人気者の姫野《ひめの》と比べれば、そりゃあな」

「そういうレベルじゃないと思うけど」

「おっしゃる通りで……」

「あはは、認めんの早いな～」

素の雫《しずく》はやはりというか、物理的にも精神的にも距離感が近い気がする。

それが灯也《とうや》としてはこそばゆくて、妙に居心地がいいのが不思議だった。

片付け作業は二人でやったからか十分もしないうちに終わり、最後のラックを灯也《とうや》が準備室に移し終えて戻ると、雫《しずく》は椅子に座ってスマホをいじっていた。

「おつかれ。戻らないのか？」

「うん、もうちょっと」

「今さらだけど、クラスの奴《やつ》らは飯も食わずに姫野《ひめの》のことを待っていそうだよな」

「先に食べてて、って戻るときに言ったから平気だよ」

未《いま》だに雫《しずく》はスマホをいじっているが、べつにクラスメイトの女子たちと連絡を取り合っているわけではないらしい。

「でも心配はしているだろうな。ノートを取りに戻ったにしては時間がかかっているって」

「それも後でフォローするから平気。『化学室に戻ったら、日直の片づけが一人で大変そうだったから手伝ってたの～♪』って言うつもりだし」

「なんかそれって、変な勘繰りをされそうじゃないか？」

「ないない。どうせ『さすがは雫《しずく》ちゃん！』って好感度が爆上がりするだけだって」

「そういうもんか」

聞けば聞くほど、雫《しずく》が計画的にノートを忘れただけのように思えてならない。

なんだか雫《しずく》の術中にハマったような気がして、灯也《とうや》は少しだけ悔しくなった。

「ていうか、瀬崎《せざき》くんって意外とその辺も気にするよね」

「その辺って？」

「クラスの人間関係みたいなの」

雫《しずく》は視線をスマホの画面に向けたまま、隣に座るよう椅子をぽんぽんと叩《たた》いてみせた。

促されるまま、灯也《とうや》は隣に腰かけてから口を開く。

「部活をやってたときのポジションが司令塔でさ。だからか癖で他人のことを気にしちゃうんだよ。変に空気を読むというか、人間観察とか普通にやるし」

「私の経験上だと、人間観察をする人ほど、人間に興味がなかったりするんだよね」

「あー、心当たりがあるかもな。無難に過ごしたいがゆえに、問題が起こらないよう周りを気にしている側面はある」

「でしょ。私もやるからわかるんだ」

さらっと同調されたことで、灯也《とうや》はきょとんとしてしまった。

「意外だった？」

「姫野《ひめの》は距離感とか近いし、実はあんまり物事を考えてないんじゃないかと思っていたよ」

「アイドルのときはほら、あえて距離感を近くしてるから」

「いや、素のときも近いだろ」

「へ？」

そこでようやく、雫《しずく》が顔を向けてくる。

驚いたように目を丸くする雫《しずく》を見て、灯也《とうや》の方まで困惑してしまう。

「俺、何かおかしなことを言ったか？」

「いやいや、素は近くないでしょ」

「いやいやいや、十分すぎるほど近いって。今だってほら」

雫《しずく》は必死になっていたからか、詰め寄るように間近まで迫っていた。

互いの距離は目と鼻の先で、ハッとした雫《しずく》は勢いよく立ち上がってから伸びをする。

「ん〜、今日はお昼が美味《おい》しく食べられそうだな〜」

「ごまかすの下手かよ」

「うっさいな。自分でも混乱してるんだからちょっと整理させてよ」

言われた通りに灯也《とうや》が黙っていると、整理し終えたらしい雫《しずく》がため息をついた。

「なるほど。どうやら私は瀬崎《せざき》くんといると、気が抜けがちになるみたい」

「ほう」

「つまり瀬崎《せざき》くんは、岩盤浴みたいな人ってことだね」

「なんだそれ、全然嬉《うれ》しくないいんだが……」

「もしくは懐《ふところ》に入るのが上手《うま》いのか。――とにかく、リラックス効果があるってことだよ。良《い》い個性じゃん」

「そんなの初めて言われたぞ……。まあ、悪口じゃないなら素直に受け取っておくか」

「うん、悪口ではないから。それは間違いない」

淡々と言いながら歩き出した雫《しずく》に続いて、灯也《とうや》も席を立つ。

と、雫《しずく》は何やら思い出したように振り返って言う。

「あーそれと、前に話した映画の件だけど」

「おう？」

「あれの撮影で、近いうちに学校休むから。どうしても土日での撮影は無理みたいでね。力を貸してくれた瀬崎《せざき》くんにはひと足先に報告しとく」

「律儀《りちぎ》にどうも。無理しない程度に頑張ってくれ」

「うん、さんきゅ」

灯也《とうや》的に非常階段では雑談をしたくらいで、力を貸したと言われるほどのことはしていないつもりだが、相手がそう受け取ったのなら否定する必要もないだろう。

けれど同時に、『今日の手伝いはそのお礼も兼ねてだったのでは？』と思い至って、灯也《とうや》は改めて彼女が律儀《りちぎ》な人なのだと認識した。

◇

このところ、灯也《とうや》の日常は穏やかなものだった。

放課後になればバイトをし、友人と遊んだりもする。家に帰れば動画を見てゆっくり過ごし、授業の予習復習なんかも適度にこなす。

あれから雫《しずく》とは長話をするようなことはなかったが、会えば挨拶ぐらいはしていた。

事前に灯也《とうや》が伝えられた通り、仕事の都合で雫《しずく》が学校を欠席したこともあったが、クラスの空気が多少重くなったくらいで特に変化はなかった。

強いて言うなら、雫《しずく》からはいつも忙しいという理由で遊びの誘いを断られている——という内容の話をクラスの女子たちがしていたが、陰口的なニュアンスはあまり感じられず。

翌日になれば雫《しずく》は登校してきたし、灯也《とうや》も放課後にはバイトまでの時間つぶしとして、図書室で今日出た課題をこなしていたのだが。

——ざわざわ。

ここは私語厳禁な図書室の中だというのに、周囲が突然ざわつき始めたので、灯也《とうや》は何事かと視線を上げる。

すると、原因はすぐにわかった。

目の前の席に、雫《しずく》の姿があったからだ。

窓から差し込む夕日に照らされながら、憂いげな表情で本に目を通す雫《しずく》。

その本のタイトルが『素人《しろうと》でもわかるサッカー入門！』じゃなかったら、どれだけ様になっていたことだろう。

「…………」

周囲のざわつきのせいで集中力が切れたのと、気づいたからには声をかけるべきだという判断のもと、灯也《とうや》は小声で尋ねてみる。

「……なにしてるんだ？」

雫《しずく》はこちらを見つめてから、同じように小声で言う。

「なにって、読書だけど？」

その声色には明るい響きがあって、にこやかな顔つきからもアイドルモードなのが丸わかりである。

当然といえば当然だろう。今も周囲からの視線がこちらに集まっているのだから。

「誰かさんのせいで、ちょっとした騒ぎになっているみたいだぞ」

「私って普段は図書室を利用しないからね～。多分だけど、本とアイドルの組み合わせが珍しいんじゃないかなぁ」

「それだけじゃないと思うけどな……」

おそらくは、本を読む雫《しずく》の姿が様になっていたからだろう。目を奪われるというか、意識を向けざるを得ないほどに、夕暮れ時に読書をする美少女の姿は人の心を惹《ひ》きつけるものがある。

あとは、その向かいに男子生徒の姿さえなければ完璧なのに……——という周囲の心の声が漏れ聞こえてくるような気がして、灯也《とうや》は無性に居心地の悪さを覚えていた。

「なるほど～、つまり瀬崎《せざき》くんは私に出て行ってもらいたいわけだね？」

何がそんなに楽しいのか、雫《しずく》が能天気な調子で言う。

端的に言えばそうなのだが、もう雫《しずく》が出て行くだけでは灯也《とうや》の居心地の悪さは収まらない気がした。

「……いやまあ、悪いのは図書室で騒いでいる周りの方なんだけどな」

「でもほら、今は私たちも楽しくおしゃべりをしちゃっているわけだし」

「ここって基本的に私語厳禁だもんな」

「そーそー。なのでここは、私たち二人が出ることを提案します」

「まあ、そうなるか。——いいさ、出よう」

「はーい」

渋々立ち上がった灯也《とうや》とともに、雫《しずく》は図書室を後にした。

出る間際《まぎわ》には「失礼しましたー♪」なんて愛嬌《あいきょう》たっぷりの挨拶をする辺り、雫《しずく》のプロ根性は筋金入りだと感じさせる。

それからルンルンとスキップでも踏むように廊下を歩く雫《しずく》の後ろに、灯也《とうや》は黙って続く。

彼女の足取りは昇降口の方に向かうわけではなく、どうしてだか上級生の教室がある三階へと進んでいた。

「おい、どこまで行くつもりだ？」

「上ー」

それは見ればわかることだ。

「俺、帰ってもいい？」

「ダメー」

「さいですか」

すでに放課後を迎えてから三十分ほどが経《た》つからか、校内に残っている生徒は少ない。

まだいくつかの教室から話し声が聞こえるが、それも少数だ。部活のある者は移動し、用のない者は基本的に下校しているはずである。

ときどきすれ違う生徒とは、雫《しずく》は誰彼構わず挨拶を交わし、灯也《とうや》も知り合いであれば一礼くらいはした。

「今さらだけど、放課後に男子と二人でいたら勘違いをする奴《やつ》もいるんじゃないか？」

灯也《とうや》がふと気になったことを尋ねてみると、雫《しずく》はうーんと小首を傾《かし》げてから言う。

「堂々としていれば大丈夫じゃないかな～。前にも言ったけど、私はアイドルだし、誰かとお付き合いをすることはないってみんなも知っているはずだからね。男子と一緒にいても、友達だと思ってくれるだけだと思うよ」

「そういうものか」

「うん。入学したばかりの頃は告白されたりもしたけど、全部同じ理由で断っていたから。強いて言うなら、今年の新入生は勘違いしちゃうかもしれないけどね」

「休み時間になると、新入生は姫野《ひめの》を見物しにうちの教室まで来るしな……。それに盗撮した画像をSNSに投稿するのとか結構簡単にできるし、やっぱり危ない気がするんだが」

「そのときはそのときだよ～。いくら気をつけるって言っても、限度はあるもん」

雫《しずく》の口調は相変わらず明るいままだが、言っている内容は随分ドライな気がする。

彼女ほどのトップアイドルが語る『限度』がどこまでなのかはわからないが、それでも灯也《とうや》がこれ以上どうこう言うことではない気がした。


「着いた～、ここにしよ」

雫《しずく》がそう言って指差したのは、三階端の空き教室。

使える無人の教室に目星を付けるまで、三階中を歩き回ってしまった。

げんなりする灯也《とうや》をよそに、雫《しずく》は勢いよく扉を開けて中に入る。

「ほら、瀬崎《せざき》くんも早くっ」

「いや、さすがに空き教室で二人きりだと——おわっ⁉」

ぐいっと腕を引っ張られて中に入ると、そのまま雫《しずく》は扉を閉めてしまった。

その強引さに灯也《とうや》が驚いている間に、雫《しずく》は端の方に置いてあった机と椅子を一つずつ持ってきて、教室の中央付近に設置するなり腰を下ろす。

「——はぁ〜」

そのまま、だらんと机にもたれかかってしまった。

はっきり言って、かなりだらしない光景だ。アイドルかどうか以前に、女子高生としてどうかと思うほどの脱力っぷりである。普段は活発な制服姿なのが余計に異様さを感じさせた。

その姿に驚きを更新された灯也《とうや》は、教室の端で呆然《ぼうぜん》と立ち尽くしていたのだが。

「どしたの？　瀬崎《せざき》くんも座ったら？　あ、電気は点《つ》けないでね、眩《まぶ》しいから」

問いかけてくる声にも覇気がない。これはあれだ、完全に素の状態に戻っている。

彼女の目的がいまいち掴《つか》めていないのは今も同じだが、ひとまず灯也《とうや》も机と椅子をワンセット持ってきて座った。

二人の距離は、机三つぶん。すなわち灯也《とうや》は壁際《かべぎわ》である。

「……なんか遠くない？」

「そうか？」

「もっと小学校の給食みたいにくっつけて」

「それは遠慮したいんだが」

「どうして？」

「なんか怖いし」

「…………」

雫《しずく》はむっとしたかと思えば、両手で机を抱えて――

ガコンガコンッ！

無理やり近づいてきたので、灯也《とうや》も慌てて机を近づける。

「わかった、言う通りにする。だから少し落ち着こう」

「……今のでどっと疲れたんだけど。無駄に体力を使わせないでよね」

今のは俺のせいか？　と灯也《とうや》は思ったりもしたが、ここはぐっと我慢する。

なんとなくわかっていたことだが、雫《しずく》はおそらく疲れているのだ。

それも多分、ストレスで感情が暴発してしまうほどに。

灯也《とうや》はなるべく刺激しないように心がけてから、今や机をドッキングさせた距離にいる雫《しずく》を見つめる。

窓から差し込む日を浴びて、彼女の長い髪がキラキラと輝いていた。

「それで、今日はどんな用件なんだ？」

「んー？」

「図書室に来たのも、俺に用があったからなんだろ？」

灯也《とうや》の指摘通りだったからか、雫《しずく》はバツが悪そうに視線を逸《そ》らした。

「用というか、探してはいたけど」

「やっぱりな。今どきサッカーのルールぐらいならネットでいくらでも調べられるし、おかしいとは思ったんだ」

「でも瀬崎《せざき》くんは勉強中だったし、終わるまでは邪魔しないつもりだったんだけど」

「わかってるよ。べつに責めているわけじゃないさ」

とはいえ、雫《しずく》が図書室に来れば騒ぎになることぐらいはわかりそうなものだ。

もしかすると、そういう判断が付かないような状況になっているのかもしれない。

「仕事、忙しいのか？」

「なんで？」

「昨日は学校を休んでいただろ。だからそうなのかなって」

図星だったのか、雫《しずく》は拗《す》ねるように机に突っ伏して、足をぷらぷらとさせる。

その仕草は駄々をこねる子供のようで、少し微笑《ほほえ》ましかった。

「俺でよければ、愚痴ぐらいは聞くぞ」

「うーん」

「今さら何を聞いたって、俺は幻滅しないってわかってるだろ？」

「それって、瀬崎《せざき》くんが私のファンじゃないから？」

「おう」

「……即答はちょっとムカつく」

雫《しずく》は恨みがましく言いながら、顔を上げてジト目を向けてくる。

こりゃあ相当参っているな、と。

付き合いの浅い灯也《とうや》でも気付くような情緒不安定さだった。

「この感じだと、俺を探していたのも話を聞いてほしかったからじゃないのか？」

「今日はやけにずけずけくるじゃん」

「姫野《ひめの》みたいなタイプはこういうとき、多少ケツを叩《たた》くぐらいじゃないと時間を浪費するからな」

「普通アイドルにそういうこと言う？」

「俺は姫野《ひめの》のこと、あんまりアイドルとして見てないし」

「女子に言うのもどうかと思うけど」

「それはまあ、悪かった」

げし、とすねを蹴られる。

灯也《とうや》からすれば、雫《しずく》がアイドル扱いをされたいのかされたくないのか、いまいちわかりづらいところである。

　そんな灯也《とうや》の気持ちが伝わったのか、雫《しずく》は観念したように口を開いた。

「ご存じの通り、昨日は仕事でさ」

「ああ」

「前にも言ったけど、六しこの――映画の撮影があったのね。京都で」

「ああ――って、平日に京都まで行ってきたのか。それはご苦労さん」

「そう。でもいろいろダメだったわけ」

「……雨でも降ったのか？」

「ううん、天気は快晴。もう絶好のサッカー日和。まあ、私は試合シーンなんて一秒もないんだけど」

「ほう。なら何があったんだ？」

　この流れだと、共演者やスタッフと何かあったのだろうか。

　雫《しずく》は人気アイドルとはいえ、本業の俳優たちとはキャリアも異なる。それによって不快な思いをすることもあるかもしれない。

　ゆえに、灯也《とうや》は真剣な面持ちで聞く姿勢を整えた。

　再び気持ちが伝わったのか、雫《しずく》は意を決したように口を開く。

「実はさ、八ツ橋を食べ損ねて」

「……へ？」

「だから、八ツ橋を食べ損ねたの。京都まで行ったのに。帰りの車で気づいてさ、でも言えないじゃん。経験が浅くてただでさえ迷惑ばかりかけているのに、『今気づいたんですけど、私ってば京都に来たのに八ツ橋を食べ損ねちゃって〜。できたら戻ってほしいなぁ、なんて』とかさ。危うく口に出しかけたけど」

淡々と、しかし息継ぎをほとんどせずに雫《しずく》が何を言ったかと思えば、結局は『八ツ橋を食べ損ねた』だけだった。

呆《あき》れて物も言えない灯也《とうや》を前にして、雫《しずく》はむっとして見つめてくる。

「何？　もしかして瀬崎《せざき》くんも、『通販で注文して食べればいいのでは？』とか思ってる？」

「いや、そこまでは思ってないけど。その言い方だと、誰かに言われたのか？」

「マネージャーにね。我慢できなくて、軽く聞いてみたんだ。——八ツ橋を食べ損ねたんですが、今度京都で収録する機会はありますか？　ってね。そしたら言われた。ああいうのは現地で食べるから意味があるのにさ、風情《ふぜい》とかそういうので全然違うし」

「なるほどな……」

予想外の用件に、灯也《とうや》は頬を引《ひ》き攣《つ》らせて苦笑していた。

そんな灯也《とうや》を見て、雫《しずく》はため息をつく。

「ほら引いてる。というか、幻滅してる。どうせこんなことで、とか思ったんでしょ」

「こんなことで、とは思ったけど、幻滅しているとかはないぞ。せいぜい変わっているなと思ったくらいで」

「ほんとに？」

「ほんとだって。その調子だと、俺に話すかどうかも悩んだんだろ。なら、そういう話をしてくれたこと自体は素直に嬉《うれ》しいくらいだ」

「それは……瀬崎《せざき》くんから、昔のこととか聞いちゃったし。私だって、言いづらいことの一つや二つは吐露するべきかなと思って」

雫《しずく》なりに、灯也《とうや》の部活の件を真剣に受け止めていたらしい。

そのことが灯也《とうや》は素直に嬉《うれ》しかった。

「だったら尚更《なおさら》だ。ありがとうな」

「……うん、どういたしまして」

雫《しずく》は照れくさいのか、視線を逸《そ》らして頬杖《ほおづえ》をつく。

その仕草すらも微笑《ほほえ》ましくて、灯也《とうや》は気持ちを緩めながら言う。

「正直に言えば、少し安心したくらいだ。もっと重めなのが来るかと思って身構えていたくらいだしな」

「重めなのって？」

「たとえば、人間関係とかさ。共演者と上手《うま》くいってないとか、そういう類のやつ」

「あー、そういうのは全部受け流すことにしてるから」

雫《しずく》はさらりと言ってみせたが、つまりは『人間関係の問題はある』のだと認めていることになる。

けれど、これ以上の踏み込みは求められていないのが空気感で伝わってきた。

ゆえに、灯也《とうや》はため息交じりに頷《うなず》いてみせる。

「なるほどな。姫野《ひめの》がすごいアイドルだって理由がわかった気がするよ」

「なにそれ。こんなことで認められてもなー」

「安心しろ、べつにファンになったわけじゃないから」

「うわ、本音だってわかるのが逆にムカつく」

「ま、帰りにジュースの一本ぐらいは奢《おご》ってやるさ」

「それってカフェのときのお返しでしょ」

「バレたか」

狙いを見抜かれてタジタジになる灯也《とうや》に対し、雫《しずく》はぼそりと呟《つぶや》くように言う。

「じゃあさ、ジュースはいいからお願いがあるんだけど」

「なんだ？」

「ちょっと寝てもいい？　三十分くらい。誰か近づいてきたら、起こしてくれていいから」

雫《しずく》は瞼《まぶた》をこすりながら、我慢の限界といった風にあくびをする。

すぐさま灯也《とうや》が頷《うなず》いてみせると、雫《しずく》は静かに寝息を立て始めた。

穏やかな夕刻。

日も傾いてしばらく経《た》ち、辺りが黄昏《たそがれ》色に変わり出す頃。

課題を再開した灯也《とうや》と、その向かいで気持ちよさそうに寝息を立てる雫《しずく》。

彼女の長い髪は絹糸みたいに煌《きら》めいて、白い肌に整った顔立ちは精緻な人形のよう。

その寝顔は、まさしく美の女神そのものだった。

二人の間に流れる時間はゆったりとしたもので、雫《しずく》に限っては起きる素振りも見せない。

時折その様子を眺めながら、灯也《とうや》はペンを動かしていく。

「よほど疲れていたんだろうな」

この一時が、彼女にとっての安らぎになればいい。

慈《いつく》しむような気持ちで灯也《とうや》は呟《つぶや》いてから、再び視線を課題のプリントに向けたのだが。

——すた、すた、すた……

そのとき、遠くから足音が聞こえてきた。

これまでも何度か足音や騒ぐ声が聞こえることはあったが、こちらに向かってくるのは初めてである。

教室の前には左折して上下階に向かう階段があるのだが、足音の主がこの教室の戸を開ける可能性も十分にあるわけで。

何より、空き教室に男女が二人きりという現状を見られたらさすがに誤解されそうだ。

「おい姫野《ひめの》、起きろ」

ゆえに灯也《とうや》は、若干焦《あせ》りぎみに雫《しずく》を揺り起こす。

「ん～、もうちょっと」

「べたな寝言を言ってる場合かよ。──仕方ないな、先に謝っとくぞ」

灯也《とうや》は「ごめん」と言いながら、雫《しずく》の鼻をつまむ。

「──ッ⁉」

途端、呼吸ができなくなった雫《しずく》は目を覚ますなり、じたばたしながら距離を取った。

「なにすんの⁉」

「先にごめんって言っただろ」

「ていうか、ブサ顔見られた！　アイドルの鼻つまむとか何考えてるの⁉」

起き抜けだからか珍しく取り乱す雫《しずく》に向けて、灯也《とうや》はしーっと指を口元に当ててみせる。

「足音、聞こえるだろ。こっちに来てる」

「あー……だね」

ようやく冷静さを取り戻したのか、雫《しずく》はすっと立ち上がる。

「おい、どうする気だ？」

割と焦《あせ》る灯也《とうや》に対し、雫《しずく》は掃除用具入れのロッカーを指差す。

「こういうときは、あそこに隠れるのが鉄板でしょ？」

名案閃《ひらめ》いたり、とばかりに雫《しずく》は言ってみせるが、まさかあのロッカーに二人で入ろうというのだろうか。

雫《しずく》は意気揚々とロッカーを開けたのだが、途端にげんなりとしてみせた。モップなどが入っているせいもあって、とても二人は入れそうになかったのである。

なので灯也《とうや》は補足をするように言う。

「そもそも二人で入る必要はないだろ。俺はどっちでもいいけど、どうする？」

「言われてみればそうだね。教室は任せた」

言いながら、雫《しずく》はロッカーに入って戸を閉めた。

すた、すた、すた……とその間にも足音は近づいてくる。

間もなく戸の前を割烹《かっぽう》着姿の女性が通ったが、案の定、下に向かう階段を下りていっただけだった。

——キィッ……。

静かにロッカーの戸が開き、中から雫《しずく》が無言で出てくる。

その表情は文句ありげに歪《ゆが》んでいて、

「……埃《ほこり》っぽい。あとカビくさい」

いたずらに失敗した子供のような表情で、雫《しずく》はぼやいてみせる。

灯也《とうや》はそれを見て吹き出しそうになりつつも、なんとか堪えて近づいていく。

「動くなよ」

頭に付いた蜘蛛《くも》の巣《す》らしきものを取ってやると、雫《しずく》は微《かす》かに頬を染めながら「どーも」と告げて、制服に付いた埃《ほこり》を払った。

「瀬崎《せざき》くんって、けっこう背が高いよね」

「いきなりなんだ？」

「こうやって教室で向かい合うのは初めてだったからさ。ふと思っただけ」

「言われてみれば、そうかもな」

沈みかけの夕日に照らされた窓際《まどぎわ》で、向かい合う二人。

灯也《とうや》の目の前にいるのは校内一どころか、日本一といっても過言ではないほどの美少女で。

なのに。

「「……ぷっ」」

このロマンティックともいえる状況で、二人は同時に吹き出してしまう。

でも、考えていたことは違ったようで。

「ちょっと、なんで今吹き出したの？」

「いや、今さら鼻をつまんだときのことを思い出してさ、あれはなかなか見られるものじゃなかったなって。そういうそっちは、なんで笑ったんだよ？」

「瀬崎《せざき》くんってば、足音が聞こえていたときはかなりビビってたなって。なんか思い出したらギャップがすごくて、ちょっとツボっただけだよ。――というか、ブサ顔のことは忘れて」

「あのなぁ、そもそもこんなところで――」

「あー、もうそろそろ帰ろっか。私この後、ダンスレッスンがあるからさ」

切り上げるように雫《しずく》は言うと、大きく伸びをしながら机の方に戻っていく。

「そういえば、俺もバイトがあるんだった」

「お互いがんばらないとね」

「こっちは姫野《ひめの》ほど大変じゃないけどな」

「言ってなかったけど、近いうちにライブツアーが始まるんだ。今日はその合わせ」

雫《しずく》はさらっと言ってみせたが、もしかするとそのライブツアーとやらが、疲れの一番の原因なのかもしれないと灯也《とうや》は思った。

とはいえ、今の雫《しずく》は励ましも慰めも求めていないのだろう。すでに帰る準備を始めている。

ゆえに、灯也《とうや》も深くは言及しないことに決めた。

「ちなみにさっきの話だけど、俺はべつにビビってないからな？」

「はぁ、しつこいなー。わかったわかった」

「ちょ、おい、絶対信じてないだろ」

「いいから行こ、ビビり君？」

「くぅ、勘弁してくれよ……」

二人は騒がしく言い合いながら、揃《そろ》って教室を出る。

駅までは同じ道だが、変な噂《うわさ》が立っても困るし、この日は昇降口で別れることにした。

最後に雫《しずく》は「今日は良い息抜《い》きになったよ、ありがとね」と告げて帰っていく。

その背を見送った後、灯也《とうや》は気合いを入れ直してバイト先に向かった。

第三話　アイドルたるもの

「いいね〜、シズクちゃん。次はこっちに目線くれる？」

スタジオではカメラマンの指示とともに、シャッター音とフラッシュが雫《しずく》に浴びせられる。

アイドル・姫野《ひめの》雫《しずく》が見せる一瞬の表情や動作を、切り取るように記録していく作業だ。

撮影モデルの仕事は、アイドルにとって重要かつ身近なもの。何着も衣装を着替え、時には役になりきって撮影に臨み続ける。

慣れてくれば楽しいとさえ思える現場だが、カメラマンが言うには、モデルの精神面が大きく影響しやすいとのことで――

「――ふふっ」

姫野《ひめの》雫《しずく》の眩《まばゆ》い笑顔を、カメラのレンズが逃さず捉えた。

「はい、オッケー。――いや〜、いつも良《い》いけど、今日は特にノッてるね。何かあった？」

女性のカメラマンが世間話をするように尋ねてきた。

なので雫《しずく》は、いつもの笑顔で応対する。

「佐藤さんが乗せてくれるので、つい楽しくなっちゃうだけですよ〜」

「ま〜た上手《うま》いこと言って。シズクちゃんに言われると、お世辞だとわかっててもつい嬉《うれ》しくなっちゃうのよねぇ」

「お世辞じゃないですってば〜。——あ、それと最近、美味《おい》しいパンケーキのお店を見つけたんですよ。あとで教えますね？」

「お、さてはそっちが本命だな〜？」

「ふふっ、違いますよ〜」

なんて世間話をした後、雫《しずく》は次の現場へ。


この日はライブツアーの宣伝がてら、生放送の音楽番組に出演することになっていた。

まずはグループのメンバーとともに関係者に挨拶を済ませたのち、メイクルームでスタイリストに整えてもらう。白を基調にした衣装に身を包み、番組スタッフと打ち合わせをしてから、リハーサルへ。

そして、本番が始まる。

多くの共演者と雑談を交えながら、披露されていく楽曲の数々。

番組が折り返しに入ったところで、雫《しずく》たちアイドルグループ《プリンシア》の順番が回ってきた。

曲が始まると、身体《からだ》に覚え込ませた振り付けをこなしながら歌う。

「——君を見ると～、胸が弾むんだ～♪」

（カメラの寄りと角度、ドンピシャだ）

ここで狙いを定めて、とびっきりのウインク。

心の中では冷静に、表情は弾《はじ》ける笑みを浮かべて、『姫野雫《ひめのしずく》』を最大限に魅せるパフォーマンスを発揮する。

ポイントを見極めて、いかに印象に残るか——あくまでもそこが軸だ。

重要なのは、メンバーとの立ち位置だけじゃない。カメラの動作状況と、観客や共演者との位置関係まで把握・計算し尽くした上で、全身をコントロールして振る舞う。

そうやってアイドル・姫野雫《ひめのしずく》は、頂点まで上り詰めたのだから——。


「——ありがとうございました！」

音楽番組の収録が終わると、関係者に再び挨拶をする。

その後は早々と撤収の準備を進めて、マネージャーの運転する車で自宅まで送ってもらう。

清楚《せいそ》なワンピースに着替えた雫《しずく》は帰りの車内で、今日の反応を思い起こしていた。

『今日も素晴らしかったよ！　こりゃあ人気が出るのも納得だ』

『うちの甥《おい》っ子がサインを欲しがっていてね、よかったらお願いできるかな？』

『またお願いするよ、ライブもがんばって』

どの共演者もスタッフも、手放しで褒めてくれていたように思う。

ただ、雫《しずく》としては反省点もあったわけで。

(今日はちょっと感情的になったかも。いつもより身体《からだ》が軽いからって、浮つくのはダメだ)

理由はわかっている。

ここ最近、息抜きが上手《うま》くいっているからだ。

特に普段寝ない時間に、三十分でも仮眠を取れたことは大きい。

そこに一役買っているのが、同じ学校に通う男子生徒というのは、公にはとても言えないことだが。

(……瀬崎灯也《せざきとうや》くん、か)

不思議な人だと思った。

アイドルである自分に興味はないくせに、素の自分には関わってくる。

特にがっついてくるわけじゃないし、その距離感が妙に心地いい相手。

職業柄、雫《しずく》は観察眼に優れている。その目から見て、彼はおそらく肩書きなんかを気にしないタイプなのだと思った。ゆえに特別扱いされない関係が多分、雫《しずく》は気に入っているのだ。

まさか素の状態を他人に見せる日が来るとは夢にも思わなかったが、それだって予想よりも悪いものじゃない。アイドルのときほど頭脳を使っていないからか、つい隙だらけになってしまうのが難点だが。

(個室の扉をちゃんと閉め忘れるとか、アイドルの時なら絶対にやらないしな……)

あのときは余裕がなかったのもあるが、気が抜けていた証拠だ。

とはいえ、そのおかげで彼と関わることになったわけだが。

思えば、行きつけのカラオケ店に同じ学校の男子生徒がバイトとして入ってきたというのに、最初からあまり警戒することがなかった気がする。場所を変えようとも考えなかった。

そういう意味でも、彼はやはり不思議な人なのだと思った。

また学校に行けば、彼と顔を合わせることになるだろう。

彼のバイト先に行った場合も同様に。

そこまで考えたところで、雫《しずく》は小さく首を振る。

(私は感覚だけで上手《うま》くいくタイプじゃないんだから、ちゃんと全部コントロールしないと)

よく業界関係者は、姫野《ひめの》雫《しずく》のことを『顔が良《い》い』、『運が良《い》い』、『オーラがある』の三拍子が揃《そろ》ったからこそ成功したと言うが、それだけじゃない。

SNS上で【女神すぎる美少女】と呼ばれるくらいだし、雫《しずく》は生まれながらに自分の容姿や育ちが恵まれていることを自覚しているが、それに加えて計算しないと成功しないタイプだとも考えていた。あくまで感覚型の天才とは違うのだと。

何せ雫《しずく》本人からすれば、素の性格はこれっぽっちも『かわいくない』わけで。

それゆえに、気が抜けない。基本的に素の人格や弱みを見せるわけにはいかないのである。

偽りの自分を演じることが——嘘《うそ》を使い分けることが、今さら悪いことだとは思わない。

ただ、嘘《うそ》をつくなら、とことん貫き通すべきだとは考えている。万が一にでも嘘《うそ》がバレて、ファンを幻滅させることだけは避けないといけないとも。

理由はファンが大事というのもあるが、何よりも雫《しずく》自身がバレて軽蔑されることを恐れているからに他ならなかった。

明日からもゲスト出演するドラマの撮影や、商店街巡りをするロケ企画、それにライブ用のダンスレッスンも当然あるわけで、やることは山積みだ。

だからこそ、より一層気持ちを引き締めていく必要がある。

息抜きはあくまで息抜き。本業を円滑に進めるための手段のはずなのだから——と。

わかってはいても、本心が求めるものは違っていて。

「……また、付き合ってくれるかな」

誰にも聞こえないほどの小さな声で、雫《しずく》はそっと呟《つぶや》く。

車内から窓の外を眺めると、街の夜景がいつもより眩《まぶ》しく見えた。

◇

それは昼休みに起こった。

教室で灯也《とうや》が修一《しゅういち》と昼ご飯を食べている最中、後ろの戸が勢いよく開け放たれる。

「ねえトーヤ、ちょっと付き合いなさいよ」

急に現れて不機嫌面で告げてきたのは、隣のクラスの金井《かない》夏希《なつき》という女子生徒だ。

栗色《くりいろ》のミディアムヘアをサイドテールにした派手めな容姿をしており、軽音楽部に所属しているバンド女子である。

彼女は灯也《とうや》と同じ中学出身ということもあって、そこそこに親交のある相手なのだが、ここ最近は関わる機会も少なくなっていたはずだ。

ゆえに、灯也《とうや》は何事かと顔をしかめる。

「いきなりなんだよ。今は昼飯中なんだけど」

「そんなに時間は取らないから」

「って、言われてもな……」

渋る灯也《とうや》を冷やかすように、同じ机で弁当を広げていた修一《しゅういち》が小突いてくる。

「行ってやれよ～、灯也《とうや》にもようやく春が来るかもしれないだろ？」

「あのなぁ……」

「向井《むかい》は黙ってろ。ていうか滅びろ」

さらに不機嫌度合いを増した夏希《なつき》に一蹴され、修一《しゅういち》はしゅんと萎縮してしまう。

教室の空気も何事かと騒がしくなっていたので、灯也《とうや》は観念して席を立った。

「わかった、ちょっとだけだぞ」

「…………」

無言で教室を出ていく夏希《なつき》に続いて、灯也《とうや》も教室を後にする。

出る間際《まぎわ》、こちらを不思議そうに見つめる雫《しずく》と目が合った。


「おい、どこまで行くつもりなんだ？」

ずんずんと廊下を進んでいく夏希《なつき》の後を追いかけながら、灯也《とうや》は面倒そうに声をかける。

だが夏希《なつき》は答えるつもりがないらしく、その歩みは止まらない。

生徒たちの教室が並ぶ廊下とは反対側の、文化部の部室や各科目で使う特別教室が並ぶ辺りで、夏希《なつき》はようやく足を止めて振り返った。

「この辺りでいいわね」

「わざわざこっちまで来る必要があったのか？」

「あんまり他人に聞かれない方がいい話だからね」

面倒そうにする灯也《とうや》に向けて、夏希《なつき》はわざわざ咳払《せきばら》いをしてから言う。

「あんたさ、最近姫野《ひめの》さんと仲が良《い》いみたいじゃない」

「は？」

夏希《なつき》の口から飛び出したのは予想外な言葉で、灯也《とうや》は頭の上に疑問符を浮かべていた。

「だからっ、その、姫野《ひめの》さんの……」

言いづらそうに口をつぐむ夏希《なつき》。

その態度を見て、灯也《とうや》は内容に見当が付いた。

「あ〜、勘違いするなよ、俺たちはべつに付き合ってるとかじゃないから」

「は？」

次に疑問符を浮かべたのは夏希《なつき》だった。

なぜだかその顔は、どうにも怒っているように見える。

「あれ？　そういう話じゃないのか？」

「ぜんっぜん違うから！　姫野《ひめの》さんは現世に舞い降りたトップアイドルよ？　同年代の男子なんかと付き合うわけないじゃない！」

「はあ……？　じゃあ、なんだって言うんだよ」

その物言いに引っ掛かりを覚えながらも灯也《とうや》が尋ねると、夏希《なつき》はもじもじとしながら言う。

「だから、その……トーヤも姫野《ひめの》さんのファンなの？　って聞きたかったわけで……」

なるほど、そういうことかと納得する。

この物言いだと夏希《なつき》は雫《しずく》のファンで、最近仲良くなった灯也《とうや》が同種かどうか確認しに来たのだろう。

つまり、ここで灯也《とうや》が答えるべきなのは――

「いや、俺は姫野《ひめの》のファンってわけじゃないぞ」

素直に事実だけを告げると、夏希《なつき》はぽかんと呆《ほう》けてみせた。

それから夏希《なつき》は目元をひくつかせ始め、苛立《いらだ》ちを露《あら》わにしながら尋ねてくる。

「じゃ、じゃあ、どうしてトーヤが姫野《ひめの》さんの近くにいるわけ？　この前、放課後に一緒にいるところを見たって子がいるのよ」

「そりゃあ、俺たちが友達だからだろ」

「――ッ！」

灯也《とうや》は雫《しずく》との関係を『友達』と口にしたことで、妙にしっくりきた心地になっていた。

対する夏希《なつき》は驚いた様子で固まっているので、灯也《とうや》はため息交じりに言う。

「じゃ、用件は済んだみたいだし、俺はそろそろ行くよ。金井《かない》は話が長いから、放っておくと休み時間がなくなっちゃうしな」

「ちょっと待ちなさい」

肩をがしっと摑《つか》まれて、灯也《とうや》は立ち止まる。

「なんだよ、まだ何かあるのか？」

「あんた、姫野《ひめの》さんの近くにいるのにファンじゃないとか正気？」

「正気も正気だ。何かおかしいか？」

「おかしいでしょ！　あんな美少女すぎるアイドルのそばにいて、ファンにならないなんてどうかしてる！」

廊下に響き渡るほどの大声で言い切った夏希《なつき》を前にして、今度は灯也《とうや》がぽかんと呆《ほう》けてしまった。

これはあれだ。ミーハーの修一《しゅういち》なんかとは違い、ガチのやつだろう。

ガチのアイドルオタク――『ドルオタ』というやつに違いない。

ようやく事態に合点《がてん》がいった灯也《とうや》は、わざとらしく頭を抱えながら言ってやる。

「金井《かない》の気持ちはよくわかった。でも誰もが自分と同じ価値観だと思うのは間違っているぞ」

「いやいや、あり得ないから。じゃあ何？　あんたは純粋にただの友達として、あのトップアイドル・姫野《ひめの》雫《しずく》ちゃんのそばにいるってわけ？」

とうとうフルネームに『ちゃん』付けときた。

去年の中頃まではこんな感じじゃなかったはずだが、一体この数ヶ月の間に何があったのだろうか。

こういうのは取り繕っても仕方がないので、灯也《とうや》は素直に自分の気持ちを伝える。

「その通りだよ、悪いか？　俺はアイドル・姫野雫《ひめのしずく》には興味ないけど、同級生の姫野《ひめの》とは友達なんだ。それ以上でもそれ以下でもないし、誰かに文句を言われる筋合いもないぞ」

多少強気になって灯也《とうや》が告げると、夏希《なつき》は虚を衝《つ》かれたように固まってしまう。

だがそれも数瞬のことで、気を取り直した夏希《なつき》は人差し指を立ててみせた。

「わかった、あんたが姫野《ひめの》さんの友達だってことは理解したよ。その上で納得いかないけど、ファンじゃないってことも」

「ああ」

「なら、うちにチャンスをちょうだい」

「チャンス？」

「そう、あんたをアイドル・姫野雫《ひめのしずく》ちゃんのファンにするチャンスよ。見方によっては友達の良《い》いところを知るだけだし、そっちにだってメリットはあるはずでしょ」

言っていることには一理ある……ような気がする。あくまで気がするだけで、勢いに押されているだけのようにも思えるが。

でも、昔から夏希《なつき》はこうと決めたらなかなか折れないタイプだ。食い下がるだけ時間の無駄かもしれない。

そう判断した灯也《とうや》は、渋々ながら頷《うなず》いてみせた。

「べつにいいけど、俺だってそこまで暇じゃないからな？」

「帰宅部のくせに何を今さら。――まずね、シズクちゃんが所属するグループ《プリンシア》のライブ映像のブルーレイを貸してあげるから、家で見てくること。あとはこの場で説明できることと言えば、軽くプロフィールを紹介したり、うちの画像コレクションをあんたに見せてあげることとかよね」

「あんまりディープなやつは求めていないんだが……」

すでにアクセルをフルスロットルで踏む夏希《なつき》を前に、灯也《とうや》は嫌な予感がしつつも勢いに呑《の》まれてしまう。

困惑する灯也《とうや》に構わず、夏希《なつき》はスマホをいじりながらぐいぐい詰め寄ってきて、アイドル・姫野《ひめの》雫《しずく》の話題をまくし立てるように続ける。

「これ見て。去年のなりたい顔ランキングのティーンズ部門で一位を取ったときに使われた宣材写真なんだけど、透明感と色気のバランスが絶妙すぎて、とにかくやばいっしょ！　うちなんか同じ女子高生とは思えなかったし！　あとはシズクちゃんが【女神すぎる美少女】と呼ばれる所以《ゆえん》になった動画なんだけど～――」

そこから昼休み終了の予鈴が鳴るまで、みっちりマシンガントークで語られ尽くした。

最近は部活とオタ活の両立で生き生きとしている夏希《なつき》だが、疎遠だった灯也《とうや》と共通の話題が見つかって嬉《うれ》しいようだった。

そもそも灯也《とうや》と夏希《なつき》が疎遠になったのは、灯也《とうや》が部活をやめたことがきっかけだ。

夏希《なつき》は中学時代から灯也《とうや》の部活動を応援してくれていただけに、やめた灯也《とうや》は合わせる顔がなくて、それを気遣う夏希《なつき》とは自然と距離が生まれていた。

だから灯也《とうや》としては、夏希《なつき》に引け目のようなものがあるのだが……今回の件で、なんだかまた昔みたいに話せた気がしている。

とはいえ、ここまで一方的に趣味の話を押しつけられるとは思っていなかったし、教室に戻る頃には満身創痍《そうい》の気分だったが。

教室では修一《しゅういち》に冷やかされたりもしたが、灯也《とうや》は相手をする余裕もなく。

こちらを一瞥《いちべつ》もしない雫《しずく》の方を気にしつつも、灯也《とうや》は午後の授業の開始を待った。

◇

「どうしてこうなった……」

週末の夕方。

灯也《とうや》は嘆きながらも、都内の大型ホールを訪れていた。

周囲はごった返すほどの人の群れ。

何せ今日はこの会場で、姫野《ひめの》雫《しずく》が所属するアイドルグループ《プリンシア》のライブイベントが開催されるからである。

きっかけは二日前——夏希《なつき》から「ライブへ一緒に行く予定だった子が無理になったから、チケットが余るし付き合って！」と誘われたのだ。

思えば夏希《なつき》が久しぶりに話しかけてきたのも、このライブイベントへ一緒に行く相手を求めていたからかもしれない。

「うっし！　必要な物は物販で揃《そろ》えられたし、あんたも着替えて準備万全ね！」

灯也《とうや》と夏希《なつき》はライブTシャツやタオルを身に着け、すっかりファンらしい姿になっている。

開場の二時間前から始まっていた物販で、長蛇の列に並んだことでゲットした戦利品だ。

夏希《なつき》の指示通りにしたことで、灯也《とうや》までもが周囲に馴染《なじ》んだ恰好《かっこう》になっていた。

「チケット代がタダなのは有《あ》り難《がた》いけど、Tシャツやらペンライトで十分痛い出費だぞ」

再び嘆く灯也《とうや》に対し、常時ハイテンションな夏希《なつき》は嬉々《きき》として言う。

「そのためのアルバイトでしょうが。むしろ稼いだバイト代を使う機会を与えてやったうちに感謝してほしいくらいだわ」

「まあ物販のことはさておき、何が悲しくて同級生と一緒にクラスメイトのライブを観なきゃいけないんだかな……」

「いいから行くわよ！　席も結構いい位置なんだから、楽しみにしときなさい」

「はいはい」

半ば強制とはいえ、こうやって休日に来ている時点で灯也《とうや》も観念はしているのだが、いかんせん心残りというか、引っかかっていることもある。

それは雫《しずく》に対し、ライブを観覧することを伝えられていない点だ。

夏希《なつき》に誘われたのが急だったことと、雫《しずく》の連絡先を知らないという理由で、仕方がないことではあるのだが、灯也《とうや》としてはどうにも気がかりだった。

とはいえ、雫《しずく》本人に言わなきゃバレないだろうと思いつつ、自分たちの席に移動する。

「立つのはオッケー、ペンラを振るときは周りに気をつけて。それからコールだけど、送った動画の内容はちゃんと覚えてきたよね？」

「一応覚えてきたけど、やるつもりはないぞ？」

「……まあいいか。初心者にルールを押しつけて、厄介オタク扱いをされるのも癪《しゃく》だしね」

灯也《とうや》からすれば、夏希《なつき》はすでに十分な厄介オタクだということは思っていても言えまい。

厄介なオタクというものは自覚がないからこそ厄介で、いろんな意味でバイタリティの塊なのだということを、ここ数日で学ばされた。……いや、夏希《なつき》だけが例外なのかもしれないが。

辺りを見回すと、わかってはいたことだが自分たちと同じような恰好《かっこう》の者ばかりだ。観客の年齢層は幅広く、さすがに男女比はやや偏っているものの、それでも多くの支持層がいることを実感させられた。

（これが全員、姫野《ひめの》のファンなんだもんな……まさに圧巻の光景だ）

その光景に改めて感心していた灯也《とうや》だが、イベント開始まではまだ時間があったので、隣に座る夏希《なつき》に話しかけることにした。

「金井《かない》はさ、いつから姫野《ひめの》のファンになったんだ？　さすがに高校入ってからだよな？」

「ファンになったのは半年くらい前かな。……ちょうど、あんたが部活をやめた頃よ」

「そうか。きっかけは？」

「なんかもう全部どうでもいいやってなったときに、《プリンシア》の【君だけのプリンセス】って曲を聞いてさ、めっちゃ刺さったんだよね。──あぁ、このお姫様たちだけは、うちに寄り添ってくれるんだ……ってね。とにかく元気というか、生きる活力をもらったのよ」

「へぇ」

「中でもシズクちゃんはね、顔が好みなのよ。あんな顔になれたらって心底憧れる。しかもそれだけじゃなくて、生き様までもがかっこいいっていうか」

「かっこいい？」

意外な単語が出てきたが、夏希《なつき》はうんうんと頷《うなず》いてみせる。

「だってシズクちゃんってば、トラブルが起きても全然動じないし、いつもニコニコなのに、大事なときにはバシッと決めてくれるんだよ？　もう完璧すぎて一生ついていきます！　って感じよ」

「なるほどな」

灯也《とうや》の知っている雫《しずく》とはだいぶ異なる印象だが、夏希《なつき》に元気や活力、そして憧れを与えている時点で、アイドルの姫野雫《ひめのしずく》はすごいものだと感心する。

夏希《なつき》は語り過ぎたと思ったのか、気恥ずかしそうに姫野雫《ひめのしずく》の缶バッジを眺めてから、笑顔になって続ける。

「要するに《プリンシア》は——というか姫野雫《ひめのしずく》ちゃんは、うちの恩人ってわけ！」

「恩人、ね。学校では話したりするのか？」

「話せるわけないでしょ。同じ学校とはいえ、遠目に見るのだって基本は遠慮してるわよ。この前だって、あんたの教室に行ったときも内心ではドキドキして冷や汗やばかったんだから」

「そういうもんか」

「それにうちはあくまでアイドル・姫野雫《ひめのしずく》のファンであって、プライベートではご迷惑にならないよう一線を引いているというか、そういう距離感は大切にしたいのよ」

なるほど、夏希《なつき》には夏希《なつき》なりの距離感があるらしい。

これがファンの鑑《かがみ》というやつか、と灯也《とうや》は素直に感心していた。

「ちなみに《プリンシア》って三人いるけど、やっぱり金井《かない》のイチオシは姫野《ひめの》なんだな」

「ええ。シズクちゃんは絶対的な不動のセンターで、この世の至宝、百億年に一人の伝説的な美少女アイドル——あの女神で天使なお姿は、ありとあらゆる事象を癒《いや》し尽くしているわ！」

アイドルグループ《プリンシア》の構成メンバーは、不動のセンターでピュアピンク担当の姫野雫《ひめのしずく》のほか、パチパチイエロー担当の岸《きし》ゆいな、フレーバーブルー担当の青峰薫子《あおみねかおるこ》だ。

わかりやすくタイプ分けをすると、姫野《ひめの》雫《しずく》が清純派、岸《きし》ゆいなは元気系、青峰《あおみね》薫子《かおるこ》はお色気担当といったところである。

やはりこの中でも姫野《ひめの》雫《しずく》の人気・知名度が凄《すさ》まじく、ほぼ彼女が一強でグループの看板と化している状態だが、大きなライブイベントをグループとしていくつも成功させているので、他のメンバー二人も十分にすごいアイドルと言えるだろう。

「まあ要するに、やっぱり顔が好みってわけか」

「夢のない言い方をするとそうなるわね。てか、オーラもやばいから！　声も、歌も、ダンスも、仕草一つ取っても全てが最高！」

「結局全部なんじゃないか」

「当たり前でしょ！　存在そのものが尊いっての」

鼻息荒く食い気味で語る夏希《なつき》を見て、灯也《とうや》はどこか眩《まぶ》しいものを見ているような気分になる。

何かに熱中する姿というのは、それだけで他者を感化させるほどにエネルギッシュだ。

だから灯也《とうや》も、自然とボルテージが上がってきた気がした。

「ほら、そろそろ始まるわよ」

夏希《なつき》の言葉通り、間もなく会場内が暗転する。

先ほどまで騒いでいた観客たちは静まり返り、場内は明るいＢＧＭが流れるだけの異様な雰囲気に包まれた。

そしてイントロが流れ始めたかと思えば、観客たちが一斉に「三、二、一――」とカウントダウンを始め――

「「「――続いていく～、どこまでも～♪」」」

歌声とともにステージ上に現れたのは、華やかなアイドル衣装に身を包んだ《プリンシア》の三人だった。

その瞬間、場内の熱気が爆発する。

「みんなーっ、今日は来てくれてありがと～！」

スポットライトに照らされながら、アイドル・姫野《ひめの》雫《しずく》が声を上げる。

ピンクの衣装に彩《いろど》られた姫野《ひめの》雫《しずく》はセンターに立ち、イヤーマイクを通して大声で言うと、観客たちが熱狂するように声を上げた。

最初の曲は、誰もが知っているような《プリンシア》の代表曲。

灯也《とうや》は生のコール＆レスポンスというものを初めて見たが、ここまで会場に一体感が生まれるとは思いもしなかったので、素直に驚いていた。

その後も会場の熱気はそのままに、合計三曲の歌が披露された後、メンバーたちのＭＣコーナーに移った。

「やっほ～！　ピュアピンク担当のシズクだよ～！　今日もい～っぱい楽しんでいこ～っ♪」

姫野《ひめの》雫《しずく》の明るい声色が会場中に響き渡る。

ステージ上に立つ彼女は見知った姿のはずなのに、なぜだかとても遠い存在に感じられて、灯也《とうや》は言い知れぬ心細さを覚えていた。

メンバーの挨拶が終わった頃、観客の掲げるペンライトの色に偏りがあることに気づく。

ピンクが八割、黄色と青が残り一割ずつといった割合だ。これが推しのメンバーカラーを表しているのだとしたら、やはりピンクの雫《しずく》に人気が集中しているということになる。

隣の夏希《なつき》も『一生シズク推し！　ピースして！』と書かれたうちわとともに、ペンライトをピンク色にして掲げていた。

灯也《とうや》の方もペンライトをピンク色に点灯させて、とりあえず掲げてみる。

しばらくはメンバーの軽いトークが続いたが、一区切りついたところで雫《しずく》が前に出てきた。

「それじゃあ、続いての曲にいっちゃおうと思うけど、みんな準備はいいかな～？」

雫《しずく》の問いかけに、観客は大声で返す。

「「「次は、この曲ですっ！」」」

アイドル三人が揃《そろ》って口にした直後、イントロが流れ始める。

場内がとんでもない盛り上がりを見せる中、灯也《とうや》はその熱気に呑《の》み込まれていった――。

「──ダーイスキだよっ☆」

巨大スクリーンに映る姫野《ひめの》雫《しずく》がウインクを飛ばし、指だけでハートマークを作る。

一瞬の間を置いたのち、

「「「「ワァ──ッ!!」」」」

場内に割れんばかりの歓声が巻き起こった。

姫野《ひめの》雫《しずく》のパフォーマンスはファンの心を鷲《わし》掴《づか》みにし、会場のボルテージは最高潮に達する。

「すごいんだな、アイドルの姫野《ひめの》雫《しずく》って」

灯也《とうや》が素直に感想を述べると、夏希《なつき》はうんうんと物凄《ものすご》い速さで頷《うなず》いてきた。

ステージ上で綺羅《きら》星《ぼし》の如《ごと》く輝く姫野《ひめの》雫《しずく》は、抜けるような透明感と華やかな可愛《かわい》らしさを併せ持ち、キュートな歌声とキレのあるダンスにより、唯一無二の存在として異彩を放っていた。

……けれど、そんなトップアイドルを遠目に眺める灯也《とうや》は、やはりどこか心細いような、物寂しい気持ちを抱いていていた。

この気持ちの出どころがなんなのか、言葉では言い表せない複雑な心境だった。

もちろん、素顔はクールでサバサバとした雫《しずく》が、今やアイドル姿で『ダイスキだよ☆』なんて言ってくれていると思うと、そのギャップに悶《もだ》えそうにはなる。

しかもこのギャップは、およそ灯也《とうや》しか知り得ないもの。優越感がないと言えば嘘《うそ》になる。

だからこそ灯也《とうや》は、自分がなぜこんなに微妙な気持ちになっているのかがわからなかった。

「――次はこの曲いくよ～っ！【わたしサマ☆サマバケーション】！」

そうこう考えているうちに、次の曲が始まったようだ。

変な曲名だなと灯也《とうや》は思っていたが、ファンたちは誰もがそのアップテンポなサウンドに魅了されているようで、場内はこれまで以上の大盛り上がりを見せている。

雑念のせいで、いまいち乗り切れない灯也《とうや》はボーッとステージ上の雫《しずく》を眺めていたのだが、

「「――ッ」」

そのとき、雫《しずく》と目が合った。

間違いない、今ステージ上の雫《しずく》と灯也《とうや》は完全に目が合っている。

雫《しずく》はほんの一瞬だけ、驚きに目を見開いた後、

――あはっ。


吹き出すように笑ったかと思えば、右手をグーにして向けてきた。

その無邪気な笑顔と仕草は、いつぞやの夜に見せた素顔の彼女を想起させて、灯也《とうや》の鼓動をどくんと高鳴らせる。

特大のファンサを――しかも素顔の雫《しずく》が見せるような笑顔でもらったことで、灯也《とうや》は得も言われぬ興奮を覚えていた。

この高鳴る鼓動の意味はよくわからないが、代わりにわかったこともある。

あそこにいるアイドルは、自分の知っている彼女と同一人物なのだと。

このときようやく、灯也《とうや》は確信を持てたような気がした。

―――

「んぎゃーっ！　さっきの見た⁉　うちにファンサしてたよね⁉　やばすぎぃ！」

そうしてライブが終わっても、夏希《なつき》は興奮ぎみに騒いでいた。

灯也《とうや》はTシャツの袖をぐいぐい引っ張られながらも、「ああ……」と半ば放心状態で反応することしかできずにいた。

「でも、シズクちゃんのあんな笑顔は初めて見たかも……ほら、【わたバケ】のときにさ、なんか子供っぽい笑顔っていうか、素の自然体な感じがしなかった？」

「そ、そうか？」

「なんでトーヤが動揺してるの？」

「いやまあ、動揺とかはしてないけど」

「はは～ん、さてはあんたも勘違いした口ね？」

「勘違い？」

思わず聞き返す灯也《とうや》に対し、夏希《なつき》はドヤ顔で言ってみせる。

「こんな広い会場でファンサをもらえるなんてレア中のレア。仮にもらえたとしても、周りに人はいっぱいいるし、そもそも固定ファンサでもない限りは自分にしてくれたとは言い切れないでしょ？　だからこそ、みんな勘違いをするものなのよ、『今のファンサ、オレにしてくれたんじゃないか？』ってね。実際は個人にしたかも不明なのにさ」

「じゃあ、さっきの金井《かない》も勘違いだとわかっていながら喜んでいたわけか」

「こういうのはノリだからね～。極論、アイドルと同じ空気を吸えているだけでも有《あ》り難《がた》いと思わなくっちゃ」

「ははは……なるほどな」

灯也《とうや》は内心だとそのノリに全然付いていけてなかったが、下手に口を出すと面倒なことになりそうだったので、ひとまず流すことにした。

「んじゃ、立つ鳥跡を濁さずって言うし、ちゃんと忘れ物がないよう確認してから撤収するわよ」

「だな」

心底満足そうな夏希《なつき》とともに、忘れ物がないか確認してから会場を出る。

外はすっかり夜の暗さだった。他の観客たちは興奮冷めやらぬ様子で、駅までの帰り道はしばらく熱気溢《あふ》れる人々に囲まれる状態が続く。

そうして電車を乗り継いで、ようやく自宅方面の最寄り駅に戻ってきた。

夏希《なつき》とはここから別方向のはずだが、何か言いたげな様子でこちらを見つめている。

なので灯也《とうや》の方から、今日のお礼もかねて声をかけることにした。

「今日はおつかれ。金井《かない》に誘ってもらえたおかげで、良《い》い経験ができたよ。ありがとう」

「う、うん、ならよかった。トーヤも、シズクちゃんのファンになった？」

「……いや、悪いけどファンになったって感じはしないかな。良《い》い経験だと思ったのは本当だし、ちゃんと楽しめたけどさ」

「推し活の仲間にはならなかったか～。……でも、久々にこうやって一緒に楽しめたし、また誘っていい？」

「ああ。行くかどうかはそのとき次第だけどな」

灯也《とうや》がそう答えると、夏希《なつき》は嬉《うれ》しそうに笑ってみせた。

「それでいいわよ。じゃ、また学校でね」

「おう、気をつけて帰れよ」

灯也《とうや》はその背が見えなくなってから、ゆっくりと歩き出す。

夏希《なつき》に語ったことはおおよそ本当のことで、灯也《とうや》はべつにアイドル・姫野雫《ひめのしずく》のファンになったわけじゃない。

ライブ中に鼓動が高鳴ったのも、ふいのタイミングで素顔の雫《しずく》を垣間見《かいまみ》られたからこそだろう。

それに夏希《なつき》からの誘いの答えを濁したのだって、これから雫《しずく》にどう言われるか次第というか、今後行くのを嫌がられれば行かないと決めているからであって……

「って、俺は何に言い訳をしているんだか」

自分でも呆《あき》れながら、頭上の月を仰いでため息をつく。

明日からはまた学校で、雫《しずく》と顔を合わせることになるはずだ。

そうなったとき、ライブの無断観覧について何か言われるだろうか。

灯也《とうや》は妙な緊張感を覚えつつ、帰路を急ぐのだった。

第四話　小さなすれ違い

予想とは異なり、週明けからの学校では特に何も起こらなかった。

いつものように大勢から囲まれる雫《しずく》と、数少ない友人と話すだけの灯也《とうや》。隣のクラスからの来訪者もなく、至って平穏といえばそれまでの日常が続いていく。

なので、数日も経《た》てば灯也《とうや》は考えを改めていた。

先日のライブを灯也《とうや》が無断で観に行った件について、雫《しずく》は特に気にしていないのだと。

自分が気にしすぎていただけだと判断した灯也《とうや》は、何事もなく日々を過ごすことにしたのだが。


「——ご来店ありがとうございます」

午後七時過ぎ。灯也《とうや》がカラオケ店で受付をしているところに、雫《しずく》がやってきた。

私服のパーカーとキャップ、それに伊達《だて》眼鏡を合わせた変装状態なので、ひとまず灯也《とうや》は普通に応対する。

「こちらの用紙にご記入ください」

「どうも。——記入終わりました」

「ドリンクはいかがなさいますか？」

「ドリンクバーで」

「かしこまり――と、お客様。利用人数の欄が『二名』となっておりますが、お連れ様がいらっしゃるのでしょうか？」

雫《しずく》に連れがいるようには見えないし、不思議に思った灯也《とうや》が尋ねると、雫《しずく》は眼鏡をずらしながら笑顔で言う。

「店員さん、バイトって何時に終わります？　終わったら一緒に歌いましょうよ」

なんだろう、凄《すさ》まじい圧を感じる。

笑顔なのに怖い。声は淡々としているのに、有無を言わさぬ感じだ。それになぜだか敬語なのも引っかかる。

そこで灯也《とうや》は直感的に察する――彼女はライブの件を忘れてなんかいない、と。

この店舗は、バイト店員がシフト外でサービスを利用することを禁止していないので、勤務が終わった後に雫《しずく》の個室を訪れるのは可能だ。

しかも運が良《い》いのか悪いのか、今日はスタッフの数が十全ということもあって、午後八時には勤務終了予定ときた。

灯也《とうや》の気分的には同席を避けたいところだが、彼女の圧はそれを許さない気迫があり……。

「八時には、終わります……」

「じゃ、あと三十分ちょいですね。部屋は二時間で取ってあるので、お先に歌ってまーす」

どうして客の雫《しずく》までもが敬語なのかは不明だが、上機嫌になったように見えたので、下手な刺激はしないようにした。


午後八時過ぎ。

バイトを上がった灯也《とうや》は、学校の制服に着替えてから雫《しずく》が利用中の個室に向かう。

二〇三号室――以前のような一人用の角部屋ではなく、それなりに広い二人用の個室だ。

個室の前に到着したところで、灯也《とうや》は深呼吸をする。

また雫《しずく》が叫んでいたらどうしようかと身構えながら、扉を開けたのだが――

「――僕はただ〜、愛されたかったんだ〜♪」

低音の歌声が響いてきて、灯也《とうや》は全身に鳥肌が立った。

当然だが、歌っているのは雫《しずく》だ。

灯也《とうや》はすぐさま扉を閉めて、テーブルを挟んだ向かいに座る。

その間も雫《しずく》は歌に集中している様子で、画面から視線を外すことはなかった。

真っ暗な室内をモニターの映像だけが照らし、歌姫となった雫《しずく》の横顔は淡く光っている。

流れているのは、最近流行《はや》りの女性シンガーの曲だ。雫《しずく》が歌うとひと味違う曲調に聞こえるから不思議だった。

先日のライブイベントでキュートなアイドルソングを歌っていた少女と、同一人物には思えない歌声である。一体、どれだけ音域が広いのだろうか。

曲が終わるまでの間、雫《しずく》は集中力を切らすことなく歌い続ける。

全てを歌い終えたところで、灯也《とうや》は自然と拍手を送っていた。

「すごいな、鳥肌が立ったよ」

「あはは、ありがと」

気のせいか、雫《しずく》は頬を微《かす》かに赤くしている。もしかして、照れているのだろうか。

「バイトおつかれ。とりあえず食べて」

雫《しずく》はテーブルに並んだピザやポテトなどの揚げ物類を灯也《とうや》の方へと勧めてくる。

「たくさん頼んだな。フードメニューっていつも注文してたっけ？」

「ううん、今日はとくべつ。全部瀬崎《せざき》くんのために頼んだから」

「そういうことなら、遠慮なくいただくよ」

「どうぞどうぞ」

なんだかお互いに気まずくなって、灯也《とうや》は無心でポテトを頬張る。

その間に雫《しずく》はホワイトウォーターを飲んだことで、気持ちが落ち着いたようだ。

「ねぇ、瀬崎《せざき》くん。この前のライブに来てたよね？」

ギクッ、としつつも灯也《とうや》は「はい」と答える。

雫《しずく》は視線を逸《そ》らしたまま、ソファにもたれかかって足を組んだ。

「しかも、女の子と一緒だった。驚いたよ、アイドルのライブに彼女連れで来るとかやるじゃん」

「いや、あれはそういうのじゃなくてだな……！」

「へー、言い訳するんだ？」

いつの間にか、雫《しずく》は不機嫌な様子だ。

灯也《とうや》は状況に混乱しつつも、気まずさから再びポテトに手を伸ばそうとしたところで、

「そもそも、瀬崎《せざき》くんはアイドルに興味なかったはずだよね？　だから私は、ライブにだって来ないと思ってたのに」

まるで詰問《きつもん》するように、雫《しずく》がむくれっ面で尋ねてくる。

もしかすると、雫《しずく》の本題はこちらの方だったのかもしれない。ここは灯也《とうや》も慎重に答えようと決める。

「嘘《うそ》はついてないつもりだぞ。さっきの話にも繋《つな》がるけど、ライブにはキャンセル相手の代わりに連れて行かれただけなんだよ」

「ふーん。その割には楽しんでいたように見えたけど？」

「良《い》い経験にはなったよ。会場はすごい熱気だったしな」

「でしょうね」

「というか、あのとき姫野《ひめの》だってグーサインを送ってくれたじゃないか。あれは歓迎しないまでも、『まあ許す』的な意味合いがあるのかと思ったんだが」

「あ、あれはっ、その、咄嗟《とっさ》に出てしまっただけというか……。パニクったのも含めて、私なりの反省点だから、これ以上掘り下げるのは禁止」

「じゃあ、この話は終わりだな」

「終わらせるかっ。こっちはまだまだ聞き足りないってば！」

興奮ぎみの雫《しずく》がテーブルに身を乗り出したところで、灯也《とうや》は落ち着くよう両手で促す。

「ひとまず、その……悪かったよ。姫野《ひめの》に断りもなく、勝手にライブを観に行ったりして」

「元々、私の許可とか必要ないでしょ」

「その割には怒っているような気がするんだが」

「怒ってない」

「さようですか……」

ぶすっとした物言いはどう考えても怒っているように受け取れるが、ここで食い下がってもいいことはない気がしたので、大人しく灯也《とうや》の方が折れておく。

「でも、姫野《ひめの》ってほんとに歌が上手《うま》いんだな。ライブのときみたいなアイドルソングだけじゃなくて、さっきみたいな低音の曲もいけるなんてびっくりしたぞ」

「いや、それはもういいから」

雫《しずく》は再び照れぎみに俯《うつむ》く。どうやら本当に恥ずかしいらしい。

「なんだ、照れるなんて意外だな」

「こっち方面の歌は、あんまり他人に聞かせたりしないから。ましてやカラオケでなんて初めてだし、思いのほか恥ずかしくて自分でもびっくりしてる」

「はは、可愛《かわい》いところもあるじゃないか」

「うっさい」

雫《しずく》はふてくされた様子でジト目を向けてきて、灯也《とうや》は悪い悪いと謝罪をしておく。

「けどさ、今日はこういう歌を聞かせるために俺を呼んだんじゃないのか？」

カラオケ中に呼び出したのはそういう理由があってのことだと思ったのだが、雫《しずく》は気だるそうに首を左右に振る。

「普通に考えて、ライブの件を問《と》い質《ただ》すために決まってるじゃん」

「俺も最初はそう思ったけど、結構日にちも経《た》ってるし、そのことなら学校で声をかければよかったじゃないか」

雫《しずく》は苛立《いらだ》たしげに足を組み替えて、ため息交じりに言う。

「そっちから報告をしてくるかと思って待ってたんだよ。でも、瀬崎《せざき》くんってば何も言ってこないし」

「あぁ、そういうことか……」

つまりは互いに意識し合っていたが、待ちの姿勢が重なったというわけだ。

おかしなすれ違いをしていたと知って、灯也《とうや》は自然と微笑《ほほえ》んだ。

「なに笑ってるの？　彼女ができて浮かれてるとか？」

「いやだから、彼女とかじゃないって。あいつはＤ組の金井《かない》だよ。同じ中学の出身なんだ」

「あー、瀬崎《せざき》くんのことを下の名前で呼んでいた子か」

「聞かれていたか……」

「聞かれて当然。教室であんなにはしゃいでいればね」

ちょいちょい言葉の端々に棘《とげ》を感じるのは気のせいだろうか。

ともかく、未《いま》だに誤解をされているようなので弁明しておく。

「あいつは姫野《ひめの》のファンなんだとさ。さっきも言ったけど、ライブへ一緒に行く予定だった子が行けなくなったから、急遽《きゅうきょ》俺を誘ってきたってわけだ」

「なんで瀬崎《せざき》くんを？」

「それは、まあ……俺が最近姫野《ひめの》と一緒にいることがあるから、ファンになったと思ったらしいけど」

「いや、自分で言うのもなんだけどさ、校内に私のファンって他にもいるでしょ。それこそ、女の子にだってたくさん」

「言われてみれば……」

「それに金井《かない》さんってたしか、軽音部に入ってるよね？　あそこって女子の部員も多いし、同じ中学出身ってだけで、わざわざ男子の瀬崎《せざき》くんに声をかけるのは謎なんだけど」

「まあ、確かにな……」

やけに雫《しずく》はぐいぐい来る。それに『やっぱりあんたらデキてるんじゃないの？』的な視線を感じるが、そんな風に疑われても灯也《とうや》は困ってしまう。

あと雫《しずく》に説明していないことと言えば、中学時代から夏希《なつき》は灯也《とうや》の部活を応援してくれていたことぐらいだが……これは気軽に話すのも違う気がしたので、灯也《とうや》は口に出さなかった。

「べつにいいけどね、瀬崎《せざき》くんが誰と付き合おうが」

「だから、違うって言ってるだろ。べつにいいなら機嫌を直してくれよ」

げんなりする灯也《とうや》を見たからか、雫《しずく》は少し冷静になった様子で頷《うなず》いた。

「ちなみにだけど、瀬崎《せざき》くんはなった？　私のファンに」

「…………なんというか……その……」

「あははっ、生ライブを観てもファンにならなかったんだ。瀬崎《せざき》くんも強情だな～」

どうしてだか、雫《しずく》は嬉《うれ》しそうに笑う。

てっきりさらに機嫌を損ねるかと思ったが、雫《しずく》は愉快そうにマイクを差し出してきた。

「じゃあ、なんか歌ってよ。そしたら私の機嫌も直るかもよ？」

「どうしてそうなる」

「あれ？　もしかして瀬崎《せざき》くんって、カラオケでバイトをしてるのに、人前だと恥ずかしくて歌えないタイプ？」

「安い挑発だな。俺がこのカラオケ店でバイトをしているのは、単純に労働条件が合っていたからだけど、いいさ。そこまで言うのなら歌ってやる」

元から灯也《とうや》だって、部屋代を払うのに歌わないつもりなんかサラサラなかった。

これでいけ好かないクラスメイトの機嫌が直るのなら、お安い御用である。

「いぇーい、じゃあ《プリンシア》の曲歌ってー」

「それは無茶振りだろ!?」

というわけで、灯也《とうや》は得意のメジャーソングを歌ってみせた。

すると、前言通りに雫《しずく》の機嫌は直ったようで、二人はそれから遠慮なく歌いまくった。

歌い始めて一時間ほどが経過した頃。

「ね、そろそろ出ない？」

まだ部屋の利用時間は残っているはずだが、雫《しずく》がそんなことを言い出した。

「まだ時間はあるけど、いいのか？」

「うん。それよりこの後、ちょっと寄りたいところがあって。よかったらもう少し、瀬崎《せざき》くんも付き合ってくれない？」

「べつにいいけど」

「ありがと。じゃ、会計済ませちゃお」

そうして店を出てから、雫《しずく》の後に続いて連れてこられたのは——

「うわ、この時間にゲーセンかよ」

灯也《とうや》が顔をしかめた通り、駅前のゲームセンターだった。

隣ですでにワクワクしている様子の雫《しずく》は、『何か問題でも？』と言わんばかりに小首を傾《かし》げてみせる。

「この時間のゲーセンは治安が悪そうっていうのと、うちの学校の連中がいるかもっていう、懸念《けねん》のダブルパンチがあるよな」

「治安の方は、瀬崎《せざき》くんがいるから平気でしょ。同じ学校の人と遭遇するのは注意しないとだけど」

「俺は用心棒の代わりかよ……。頼りにされるのは悪い気がしないけど、あんまり過度に期待をされるのもな」

「元運動部だし、身長はそれなりにあるじゃん。いざとなったら私は逃げるから」

「ったく、いいけどさ。でもそんなに入りたいのか？」

「こういうところって滅多に来ないから。ちょっとだけでも入りたいなって」

「ま、長居するだけの時間もないし、パッと入ってサッと出ますか」

「さすがは瀬崎《せざき》くんだー」

「褒め方がテキトーだなー」

というわけで、さっそく店内に入る。

雫《しずく》は前言通り、こういうところに来る機会は滅多にないのか、店内に入るなりきょろきょろと物珍しそうに辺りを見回していた。

その姿はどこか新鮮で、見守る灯也《とうや》も生温かい視線を向けてしまう。

「やっぱり賑《にぎ》やかだね～」

「で、何をやる？」

「あの車のやつ」

「言いかた小学生かよ……まずは小銭を作らないとな」

両替機で千円札を崩してから、二人でカーレースゲームのシートに座る。

「ジュースを一本賭けようよ。私は負けないから」

「初挑戦なのにいいのか？　賭けなんかしたら、俺も手加減はできなくなるけど」

「望むところだよ」

というわけで、本気のゲームスタート。

序盤から灯也《とうや》が慣れたハンドル操作で車体を自在に操る一方、雫《しずく》は壁に激突しまくる有り様で、まさに初心者丸出しだった。

「やっぱりこういうのもやったことがないんだな」

「家庭用ゲーム機ならさすがにあるけどね。とりあえず、一戦目は捨てる」

「え、何本勝負のつもりだよ」

「三本勝負」

「へいへい」

時間が経過するごとに、雫《しずく》の技術は目に見えて上達していく。

最初は壁に激突しまくるだけで、最弱設定のＣＰＵ相手にも遅れを取る有り様だったのだが、二レース目に入る頃にはドリフト走行を完全にマスターしていた。

ゲーセン用のシートだけあって、本物の運転席とは異なるのだが、雫《しずく》が座って操作するだけでかっこよく見えるのが不思議だった。

そうしてカーレースの三本勝負は終わり、結果は……

「私の勝ちー。三戦二勝」

「あり得ねえ。このゲーム、俺が年末にどれだけ修一《しゅういち》とやり込んだと思ってるんだよ」

「あ、ずるい。その情報は初耳なんだけど」

「うっ……つ、次は、どうする？」

「ま、いいか。次は格ゲー。その次はシューティングゲームで、クレーンゲームを挟んで、最後はプリクラ……はちょっとまずいか」

「そんなにどれもやる時間はないぞ？　あと、プリクラは時間とか関係なくNGだ」

主に恥ずかしさから灯也《とうや》は拒否してみせたのだが、雫《しずく》は文句も言わずに頷《うなず》いてみせる。

「私もそういう、形に残るタイプはまずいから。一応ね」

「お、おう」

「ていうか、時間的に一個が限界だね。それじゃ、クレーンゲームがいいな」

「よし、やるか」

クレーンゲームコーナーに入り、良さそうな景品を物色。時間帯が遅いおかげか、どの筐《きょう》体《たい》も空いているので、すぐに狙いは定まった。

狙うは、巷《ちまた》で人気の癒やし系キャラクターのぬいぐるみだ。

「まずは私からね」

意気揚々と雫《しずく》がコインを投入し、操作ボタンを押す。

遠近感に苦戦しながらも、雫《しずく》なりに納得のいった角度を狙うが——

「——あ、ダメだ」

アームはぬいぐるみを持ち上げることすら叶《かな》わず、ただの空振りとなってしまった。

その後も何度か挑戦したが、まともに位置を動かすこともできずに失敗となる。

「もうギブ。このアーム弱すぎない？」

悪態をつく雫《しずく》と入れ替わる形で、灯也《とうや》がコインを用意する。

「こういうのはな、コツがいるんだよ」

と偉そうに言いながら、続いて灯也《とうや》が挑戦することに。

ここはカッコよく取ってプレゼントする、というのが理想的だったが、

「よし、いけっ――……ダメか～。やっぱアームが弱いな」

タグに引っかける作戦で挑んだのだが、あえなく失敗。

狙い通りに引っかかりはしたものの、さらに位置を悪くしただけで終了となった。

「くぅ～っ。店員さんに頼んで、景品をもう少し簡単な位置に移動してもらうって手もあるが、どうする？」

「いや、いいよ。そこまでしなくても」

雫《しずく》は少し残念そうにしていたが、これ以上は野暮というものだろう。

「悪いな。あれ、欲しかったんだろ？」

「え？　私は瀬崎《せざき》くんにプレゼントするつもりだったけど」

「あ～、なるほど。それじゃ、お互い楽しめただけでよしとするか」

「だねー」

二人はどことなくほっこりしながらも、クレーンゲームコーナーを出たところで、

「あれ？　トーヤじゃない」

その聞き覚えのある声に、灯也《とうや》は肩をビクつかせる。

振り返ると、そこにはやはり夏希《なつき》がいた。その後ろには、軽音部でバンドを組んでいるという二人の女子生徒がいる。

「お、おう、偶然だな……」

これはまずいと思って隣をチラ見するが、すでに誰の姿もなく。

遠くの方にそそくさと離れていく雫《しずく》の後ろ姿が見えて、灯也《とうや》は安堵《あんど》するのと同時に苦笑した。

「さっき一瞬、トーヤが彼女連れなのかと思ったけど、ただ同じタイミングで出てきただけだったのね」

「はは、彼女ができていたらとっくに自慢してるって」

「そうよね！　うんうん、まったく残念な男ね！」

なぜだか夏希《なつき》はテンション高めだが、後ろの二人は灯也《とうや》のことを観察するような目で見つめてきている。

これはあれだ。理由はわからないが、真偽を探ろうとしている目である。

ほんの少しでも後ろめたい理由がある灯也《とうや》は、居心地の悪さから早期撤退を図ることに。

「んじゃ、俺はそろそろ帰るわ。もう割と遅い時間だし、そっちもぼちぼち帰るんだぞ」

「あ、うん。……なんだ、欲しい景品があるならまた前みたいに取ってあげたのに」

ぼそりと呟《つぶや》いた夏希《なつき》の言葉は灯也《とうや》の耳にも届いていたが、今は早々にこの場を去ることを優先した。

店を出ると、自販機の前でくつろぐ雫《しずく》の姿を見つける。

その手には缶コーヒーが握られており、灯也《とうや》はふと思い立って財布を取り出した。

「ほい、コーヒー代」

カーレースゲームに負けた分の支払いを今済ませようとしたのだが、雫《しずく》からはため息をつかれてしまった。

「こういうのって、次に話すきっかけになると思うんだけど？」

「それはわかってるけど、姫野《ひめの》とはきっかけなんてなくても話せるかと思ってさ」

「へー、言うじゃん」

雫《しずく》は愉快そうに言ってから、小銭を受け取る。

それをポケットにしまってから一気に缶コーヒーを飲み干して、空き缶をゴミ箱に捨てた。

「じゃ、帰るね。今日はありがと」

「ああ。最後は肝が冷えたけど、楽しかったよ」

「それはこっちも同じ。やっぱり地元のゲーセンは私向きじゃないって思ったわ。バイバイ」

雫《しずく》は苦笑しながら言うと、背中を向けて歩き出す。

けれど、数歩進んだところで立ち止まったかと思えば、

「あの金井《かない》って子、ほんとに彼女じゃなかったんだね」

「へ？　だからそう言っただろ」

「ふふ、だよね。おやすみ」

今度こそ、雫《しずく》は手をひらひらと掲げながら帰っていく。

灯也《とうや》はその背を見送りながら、やれやれと肩を竦《すく》めるのだった。

◇

「瀬崎《せざき》くん♪」

「おわっ⁉」

授業合間の休み時間、トイレから出てきた灯也《とうや》に声をかけてきたのは雫《しずく》だった。

これは待ち伏せというやつだろう。一体何事か、灯也《とうや》はさっと身構える。

「そんなに警戒しなくてもいいのに。ちょ〜っとお話ししたいことがあるだけなんだから」

「……話すのはいいけど、場所とタイミングを考えてほしいんだが」

「ふふふ〜♪」

「嫌な予感しかしない……」

というわけで、二人は場所を移す。

人に聞かれても問題ない内容なのか、渡り廊下で立ち話をすることに。

「実はね、今度の家庭科でやる調理実習を一緒にできないかなと思って」

雫《しずく》は校内での普段通り――アイドル状態の口調で話を続けるようだ。

「一緒の班になろうってことか。でもなんで俺と？」

「質問なんだけど、瀬崎《せざき》くんって料理できる？」

「質問に質問で返すなよ……。一応、人並みにはできるけどさ」

「やった～！　じゃあ決まりねっ」

「いやいやいや、この庶民がご高名なアイドル様と一緒の班なんて恐れ多いですよ」

理由がわからないと受け入れる気のない灯也《とうや》に対し、雫《しずく》は笑顔のまま眉根をひくつかせる。

「どうしても、理由を話さなきゃダメ？」

「ああ」

「んー、わかった。じゃあ、ちょっと耳を貸して」

言われた通りに灯也《とうや》が耳を傾けると、雫《しずく》は背伸びをして耳打ちしようとする。

果物のような甘い匂いがして、その距離感に灯也《とうや》はついドキドキしてしまうものの、周囲の注目が集まっていることに気づいてバツが悪くなる。

いくら灯也《とうや》がアイドルの姫野《ひめの》雫《しずく》に興味がないからといって、こんな近距離に美少女がいれば、意識するのも当然というもの。

これは生ライブを観たからといって、アイドル状態の彼女にまで興味を持ったわけじゃない――と、灯也《とうや》は自分に対して言い訳じみたことを考える。

もしもアイドル状態の雫《しずく》にまで興味を持ったとなれば、彼女との関係にも影響が出かねない。ゆえに、灯也《とうや》は気持ちを引き締める必要があると感じていた。

「は、早くしてくれ」

「(私、実は料理がてんでダメなんだ)」

「はあ……?」

声をひそめているからか、雫《しずく》は素の低音ボイスで囁《ささや》きかけてくる。

灯也《とうや》的には特に勿体《もったい》ぶるような内容でもなかったので拍子抜けしていると、今度は雫《しずく》がバツの悪そうに苦笑してみせた。

「(イメージ的にさ、アイドルが暗黒料理を作るのとかって避けた方がいいじゃん?)」

「そりゃあ、そうだろうけど。——って、そこまでひどいのか?」

「ん~、物によっては?」

顔を離した雫《しずく》は声色をアイドルボイスに戻しながら、疑問形で答えてくる。ゆえに、灯也《とうや》は直感で『全般的にやばいんだな』と理解した。

「つまり、フォローをしてほしいってわけか。それは構わないけど、イメージを気にするなら、さっきみたいな耳打ちも避けるべきじゃないか? 変な噂《うわさ》が立っても俺は知らないぞ」

「あ~、それなら大丈夫だよ。私は恋愛とは無縁だし、あれぐらいなら瀬崎《せざき》くんが意識しちゃってるって噂《うわさ》が流れるくらいだと思うから」

雫《しずく》が笑顔で言う通り、周囲から——主に男子生徒からは、嫉妬と憐《あわ》れみの視線が灯也《とうや》に向けられているのを感じた。

「それ、俺が大丈夫じゃないだろ……ったく、姫野《ひめの》が性悪だってことを失念していたぞ」

「もぉう、瀬崎《せざき》くんったら〜♪」

愉快そうにアイドルスマイルを浮かべる雫《しずく》。

灯也《とうや》にだけは邪念が見えているが、周りは目が節穴ばかりのようで見惚《みと》れている。

今さらながら、灯也《とうや》は雫《しずく》と関わるようになったことを早まったかと思った。

◇

調理実習の当日。班編成は四人一組。

メンバーは灯也《とうや》と雫《しずく》、それにクラスの女子生徒が二人だった。

修一《しゅういち》は灯也《とうや》と組みたがっていたが、雫《しずく》と一緒になりたい女子たちから弾《はじ》かれた形である。

各々《おのおの》が持ち寄った材料を元にして作るのはカレーだ。誰が用意したのか、本格的なスパイスの小瓶がいくつか並んでいる。

そうして調理が始まると、雫《しずく》は手際《てぎわ》よく野菜の処理を済ませていく。

エプロン姿の雫《しずく》が調理する光景に、クラスメイトは誰もが見惚《みと》れていた。

けれど、灯也《とうや》だけは『ちゃんと包丁も使えているし、予想していたのとは違うな』と違和感を覚えていたが、こっちはこっちでルーの用意や肉の下ごしらえを担当する。

調理は順調に進んでいき、「姫野《ひめの》さんの料理が食べられるなんてラッキーだなー」なんて修《しゅう》一《いち》やクラスの男子からの嫉妬を受けながらも、終盤に差し掛かる。

と、そこで雫《しずく》はおもむろにスパイスの小瓶を手にして――

「ちょい待ち」

灯也《とうや》がストップをかけると、雫《しずく》は笑顔で小首を傾《かし》げた。

「どうしたの？」

「今、なにをやろうとした？」

「味付けだよ？　見てるとどうしても入れたくなっちゃうんだよね～」

「女子二人、姫野《ひめの》と一緒に皿とか盛り付けの準備をしてくれ」

「「わ、わかった」」

灯也《とうや》はなんとなく、雫《しずく》が危惧していたことを察する。

おそらくは調理中、余計なことだとわかっていても、不要な味付けをやりたくなってしまうのが雫《しずく》の悪癖なんだろう。

きっとこれまでも、調理実習で失敗した経験があったに違いない。

そういえば、雫《しずく》は昼にコンビニの物を食べていることが多い。野菜パスタや豆乳など、健康に気を遣っている品ばかりで料理の手間を減らすためかと思ったが、それだけが原因じゃないことを理解した。

（いろいろ変わった人だな……）

灯也《とうや》は雫《しずく》に残念なものを見るような目を向けていたが、雫《しずく》はうずうずした様子で視線に気づいていないようだった。


完成したカレーは、家庭的で美味な出来だった。

作り方は、王道のスタンダード。隠し味や余計な物は入れないよう、主に灯也《とうや》がリードして作ったのだから当然とも言える。

同じ班の女子二人は雫《しずく》の料理下手を知っていたのか、完成品の出来に涙していた。おそらく今回の調理実習にも失敗を覚悟して臨んだのだろう。さりげなく良《い》い人たちである。

当の雫《しずく》はといえば、一口食べるなり「おぉ」と感心した様子だった。

片付けが終わり、授業も終わったところで灯也《とうや》は班の女子二人に声をかけられる。

なんでも、連絡先を交換したいとのことだった。

灯也《とうや》たちが連絡先のやりとりをしている間、雫《しずく》はその後ろでニコニコしていた。

そちらに気を取られていると、女子二人が冷やかすように言う。

「雫《しずく》ちゃんは男子と連絡先の交換はしないから、期待しても無駄だよ～」

「そーそー。瀬崎《せざき》くんはせっかく良《い》いところを見せたのに残念だろうけど〜、うちらのだけで我慢してね〜」

などと言われ、灯也《とうや》は苦笑するしかなかった。

そういえば、灯也《とうや》も雫《しずく》とは連絡先の交換をしていない。

灯也《とうや》的に不便だなと思ったことは何度かあるのだが、交換を申し出たことはなかった。雫《しずく》は男子と連絡先の交換をしないとのことだが、アイドルならではの事情があるのかもしれない。

ひとまず灯也《とうや》はそういう風に、自分を納得させた。


五限の授業は体育だった。

この日は雨天だったことで、男女共に体育館で行われることになり、男子たちは異様なやる気を見せ始める。

ちなみに授業内容まで合同ということはなく、男子はバスケットボール、女子はバレーボールをやるとのことだ。

そんな中、灯也《とうや》と修一《しゅういち》は床に座って、試合の観戦をしていた。

「もうすぐゴールデンウィークだけど、そっちの予定は決まったか？」

修一《しゅういち》がネットを挟んだ女子側のコートを眺めながら、軽い調子で尋ねてきた。

なので、灯也《とうや》もボーッと女子側のバレーボールを観戦しながら「バイト」と答える。

「だろうなー。灯也《とうや》もさっさと彼女の一人でも作ればいいのによ」

「そんな簡単にできたら苦労しないだろ。それより、そっちは上手《うま》くいってるのか？」

「まあ、ぼちぼちってとこだなー」

と言いつつ、修一《しゅういち》はニヤついている。上手《うま》くいっているようで何よりだ。

手前のコートでは男子同士がバスケットボールの試合をやっているが、残念なことに女子のギャラリーはほとんどいない有り様だった。

「にしても姫野《ひめの》さんが見学とか、見る意義を八割失ってるよな～」

「仕方ないだろ、バレーはあざとかできやすいし」

修一《しゅういち》がぼやく通り、雫《しずく》は授業に参加していない。

とはいえ、律儀《りちぎ》に体育用のジャージに着替えて髪までポニーテールに結んでおり、審判や用具の準備など、できることを手伝っていた。

なので雫《しずく》が悪目立ちをしているということは一切なかったが、ときどき疎外感のある物憂《ものう》げな表情をしているのが気になった。

「全国ツアーの真っ最中だもんな～。せめてジャージを脱いでくれれば……とか思ってるんだろ、むっつり灯也《とうや》くんは」

「思ってないって、修一《しゅういち》じゃあるまいし」

「オレだって思ってねえよ！　オレはな、基本的に紳士な目線でしか見ていないんだ。ちゃんと彼女もいるしな」

「さりげなく自慢するなっての」

「悔しかったらお前も彼女を作れよ」

「しつこいな。いいんだよ、俺は現状で満足してるから」

言いながら、灯也《とうや》は重い腰を上げる。

今まさに行われていた男子側の試合が終わり、灯也《とうや》たちの出番が回ってきたからだ。

修一《しゅういち》は意味もなく飛び跳ねてみせ、挑発するように変な構えをする。

「言っとくけど、オレは元バスケ部相手にも手加減はしないぜ？　何より、今は最高のギャラリーがいるからな」

「俺だってバスケじゃ負けねえよ」

「んじゃ、ジュース一本賭けな」

「望むところだ」

というわけで、灯也《とうや》と修一《しゅういち》は敵チームとして試合が始まったわけだが、展開は一方的になった。

オフェンスでは経験者の灯也《とうや》がパスを回し、空いていれば自分でもシュートを打つ。

ディフェンスでは灯也《とうや》が修一《しゅういち》に付いて、パスが回らないように抑えておき、生き生きとしたプレイをできないようにした。

それだけで点差は開いていき、修一《しゅういち》を含む相手チームの顔に焦《あせ》りが浮かぶ。

そして攻撃の手は、再び灯也《とうや》たちのチームへ。

灯也《とうや》は右手でボールをドリブルしながら、相対する修一《しゅういち》を真《ま》っ直《す》ぐに見つめ返していた。

だがそこで、チラと視線を女子のいるギャラリー側へ向けたかと思えば、直後に逆方向へドライブして抜き去る。

「あっ、ずりぃっ⁉」

修一《しゅういち》が視線に振られたことで、フリーになった灯也《とうや》はレイアップシュートを決める。

これにより、灯也《とうや》のチームがさらなるリードを広げた。

「ずるいも何もないって。修一《しゅういち》が単純すぎるんだよ」

軽い調子で灯也《とうや》が言い返すと、修一《しゅういち》は悔しそうに地団太を踏んでみせる。

ちなみに女子の方は休憩時間に入ったようで、集まったギャラリーは興奮ぎみに試合を応援しており、なんだか一種のお祭り騒ぎになっていた。

（これも連休前のノリってやつか）

灯也《とうや》だけは若干冷めた気分で、軌道のわかりきった相手のパスボールをカットする。

そのままレイアップシュートでも行けたのだが、余裕を持って姿勢を作りながらのスリーポイントシュートを放つ。

――すぱんっ。

これで三点。ボールはリングに掠《かす》りもせず、綺麗《きれい》にネットを裏返した。
その瞬間、「キャーッ」とギャラリーの女子たちから黄色い声が上がる。
「てめぇ、マジで何してくれてんだよ?」
ディフェンスに付いていた修一《しゅういち》が、敵意をむき出しにして睨《にら》みつけてくる。
灯也《とうや》はといえば、内心でホッとしていた。
あれで外していたら、さすがに目も当てられなかったからだ。
(柄にもなく、カッコつけてしまった……しかも、バスケで)
今頃になって照れの感情が込み上げながらも、ふと雫《しずく》の方を向いてみる。
すると、雫《しずく》と目が合った。
彼女は体育座りをしながら、他のギャラリーと一緒に応援中のようである。
だが、やっぱり疎外感を覚えているような顔をしたままで……。
「隙あり!」
灯也《とうや》にボールが回ってきたことにより、修一《しゅういち》がバッと手を出してくる。
だが、そのときには味方へパスを回していた。
「ほんとに隙を突きたいなら、隙ありとか言うなよ……」
呆《あき》れぎみに灯也《とうや》が言うと、修一《しゅういち》はふてくされたように口を尖《とが》らせていた。

試合は大差がついた形で、灯也《とうや》のチームの圧勝となった。

「ちきしょー、完敗かよ！」

素直に悔しがる修一《しゅういち》に対し、灯也《とうや》は清々《すがすが》しい気持ちで肩を叩《たた》く。

「おつかれ。いい試合だったな」

「爽やかなのがムカつくぜ。つーか、いつもよりやる気だったじゃねえかよ。やっぱり普段はクールな灯也《とうや》くんも、女子というギャラリーがいると違うってか？　このむっつりめ」

「うっさいな。なんでもそういう話に結びつけんなよ」

などと言いつつ、灯也《とうや》もその辺りを意識しなかったといえば嘘《うそ》になる。やはり雫《しずく》をはじめ、女子から見られていると気合いが入るし、ついつい張り切ってしまったわけだ。

灯也《とうや》はタオルで汗を拭いながら、ふと雫《しずく》の方を見遣《みや》ると、再び目が合った。

どうしてだか無表情でこちらを見つめているので、さすがに気まずくなった灯也《とうや》は水を飲みに廊下へ出る。

給水機は廊下に設置されているが、距離的には体育館の奥側から出た方が近い。

だからか先に、雫《しずく》が水を飲んでいた。

喉を鳴らして水を飲むその姿はやけに色っぽくて、灯也《とうや》は思わず生唾を飲む。

周囲に他の生徒の姿はなく、二人きりの状況だ。それが逆に気まずく思えて、灯也《とうや》は話しかけるべきかどうか迷いながら順番を待つ。

ようやく水を飲み終えた雫《しずく》は、ひと息ついてからこちらを見つめてきた。

「あれって当てつけ？」

「え？」

すぐには言葉の意味がわからなかったが、ふてくされたような雫《しずく》の表情によって、『見学している私の前で楽しそうに』的な意図だと汲《く》み取《と》る。

「いや、違うって。ただ普通にプレイしていただけだよ」

「嘘《うそ》つき。やけに生き生きしてたじゃん」

周囲に他の生徒がいないからか、雫《しずく》の物言いはサバサバとした素の状態である。

これは何かあったのかと思いつつ、灯也《とうや》は努めて冷静に言葉を返す。

「べつに普通だって。強いて言うなら、俺は元バスケ部だからちょっとやる気になっていたくらいで」

「ふーん」

「そっちはやけにご機嫌ナナメじゃないか。そんなにバレーがやりたかったのか？」

雫《しずく》はその問いに答えるかどうか躊躇《ためら》ったのち、観念したように言う。

「ううん。ただ、私は他とは違うんだなって再確認してただけ。瀬崎《せざき》くんまで楽しそうにしてるから、ちょっと疎外感もあったし。……私としたことが、顔に出しちゃったよ」

なんだそれ、と口に出そうになったところで留《とど》める。

灯也《とうや》からすれば可愛《かわい》く駄々をこねているようなものだが、雫《しずく》の表情は普段よりも思い詰めているように見えたからだ。

ゆえに、灯也《とうや》は顔を背けて言う。

「……それを言うなら、俺だって周りとは違うぞ」

「どう違うの？」

「さっきの試合、実は女子に見られて張り切っていたけど、他の男子とは違ってすかしていることしかできなかったからな」

このクラスの男子たちが『女子が見ているから』と明確に意思表示をして張り切る中、灯也《とうや》だけは素直に表現することができなかったわけで。

こういうところが友人から『むっつり』と言われる所以《ゆえん》なのだが、直そうと思って直せるものでもないのが困りどころだ。

そんな灯也《とうや》の赤裸々な内心を打ち明けられて、雫《しずく》はぽかんとしていたかと思えば、

「ぷっ」

思いっきり吹き出した。

「ちょっ、おい、ひどくないか⁉」

「あははっ。ごめんごめん、つい」

「姫野《ひめの》って実はSだよな……」

「だったら瀬崎《せざき》くんはドMとか？」

「断じて違う！」

そこだけは誤解のないよう言い切っておいたのだが、雫《しずく》は半信半疑の様子でニヤついているのみ。

でも先ほどまでとは違って、表情に活気みたいなものが戻ってきているのがわかった。

「ま、姫野《ひめの》が忙しいのは本当だろうし、有名人ならではの苦労もあるだろうけどさ、みんな何かしらはあるってことで」

伝えたいことは口にしたので、いいかげん灯也《とうや》も水を飲み始めると、雫《しずく》が脇腹を小突いてくる。

「ごほっ⁉　なにすんだ⁉」

「照れ隠しっ」

捨て台詞《ぜりふ》のように言い残してから、雫《しずく》はそそくさと去っていく。

去り際に耳まで赤くなっていた雫《しずく》の横顔が印象的で、灯也《とうや》は今さらながら気を回し過ぎたのかと思って反省した。

◇

ゴールデンウィーク入りの前日。

朝から全校生徒のほとんどが浮かれる中、灯也《とうや》は浮かない顔をしていた。

何せ、決まっている連休中の予定といえば、バイトか修一《しゅういち》と遊ぶぐらいのものである。

灯也《とうや》の家では旅行に行ったりする習慣はないし、趣味というものが皆無だと、こういうときに手持ち無沙汰になってしまうのが悩みどころだった。

「ねぇねぇ、ほんとに雫《しずく》ちゃんは連休中に遊べないの？」

「うん、ごめんね。ツアー中なのと、収録とかが入っていて休める日はないんだ～」

ボーッとする灯也《とうや》の耳に、雫《しずく》たち女子グループの話し声が入ってくる。

どうやら大型連休の予定について話し合っているらしい。

「うわ～、やっぱりアイドルは大変なんだね。でもクラス会は来てほしいな～。雫《しずく》ちゃんのぶんも予約しちゃってるし」

「あ、うん。なるべく行くつもりだよ」

「オッケ～！　楽しみにしてるね！」

あっという間に話し合いは終わったようで、雫《しずく》以外の女子たちでタコパをするだの、どこに遠出するだのと予定を詰め始めた。

話題に出たクラス会というのは、連休最終日に予定されているものだ。クラスメイトのほとんどが参加するとのことで、灯也《とうや》も出席することになっている。

(俺と姫野《ひめの》の忙しさは真逆だな……なんだか申し訳ない)

こんな状況でもニコニコ笑顔の雫《しずく》を遠目に眺めながら、灯也《とうや》は小さくため息をつく。

やはり雫《しずく》も、連休中くらいはクラスの女子たちと遊びたかったりするのだろうか。

できれば自分の暇を分け与えてやりたいなどと考えて、灯也《とうや》はやるせない気持ちになった。


放課後。全体的に集中力を欠いた授業がひと通り終わったことで、教室内はハイテンションな声で溢《あふ》れかえる。

「灯也《とうや》ー、帰ろうぜー」

「ああ」

例に漏れず浮かれ気分の修一《しゅういち》から声をかけられて、灯也《とうや》は廊下に出たのだが、

「瀬崎《せざき》くん」

後ろから名前を呼ばれたので振り返ると、雫《しずく》が立っていた。

「なんだ?」

「今日って、バイト?」

「ああ」

「そうなんだ。がんばってね」

ニコニコしながら、雫《しずく》は手を振ってくる。

灯也《とうや》は不思議に思いながらも手を振り返し、修一《しゅういち》とともに歩き出す。

「けっ、オレも『がんばって☆』とか言われてえ」

「がんばって」

「お前からじゃねえよ！」

修一《しゅういち》とくだらないやりとりをしつつ、灯也《とうや》の頭の中を占めるのは雫《しずく》の言葉だ。

わざわざ雫《しずく》が問いかけてきた意味を理解するのは、間もなくのことだった。


一時間後。

灯也《とうや》がバイト先のカラオケ店で受付業務を担当していると、変装姿の雫《しずく》が来店してきた。

（なるほど、放課後のあれは店に来るって合図だったのか。でも……）

現在、ゴールデンウィーク前夜ということもあって店の中は混雑しており、案内待ちの客でロビーはごった返している状態である。

とてもじゃないが雫《しずく》にだけ構っている余裕はなく、ひとまず利用客名簿への記入をお願いしようと思ったのだが――

「ごめん、今日はこれだけ渡しに寄ったの。じゃ、がんばってね」

雫《しずく》は灯也《とうや》にメモの切れ端を手渡してきて、そのまま去っていった。

手元のメモを確認すると、そこには雫《しずく》のものと思われる連絡先が記載されていて……

「へ……？」

思わず灯也《とうや》は放心してしまい、客から声をかけられたことでようやく我に返る。

なぜいきなりこんなことになったのかは、さっぱりわからない。

先ほどの光景は、傍《はた》から見れば逆ナン紛《まが》いの行為ではあるが、店内が混雑していることもあって、誰も気づいていないのは幸いだった。


「ふぅ」

バイトを終え、灯也《とうや》はため息交じりに店を出る。

今日の勤務は過酷だった。浮かれ気分の客に応対することもそうだが、何よりも雫《しずく》の連絡先の件が気になったせいで、集中力をところどころ欠いてしまったからだ。

大きなミスこそなかったものの、手際《てぎわ》の悪さが目立った。これは今後の課題だと思いつつ、灯也《とうや》は端のベンチに座ってスマホを取り出す。

ひとまず雫《しずく》から手渡された連絡先を登録して、『瀬崎《せざき》です。登録しておきました』という文面でメッセを送信する。

するると、思いのほか早く返信がきて、

『簡潔すぎ　仕事用のメッセかと思って二度見したよ』

そんな砕けた文面が届いた。

――と、そこで電話がかかってくる。

着信相手は、登録したばかりの雫《しずく》だった。

一度深呼吸をしてから、灯也《とうや》は通話ボタンを押す。

「もしもし？」

『あ、出た。ごめん、いきなり電話して。今平気だった？』

「ああ、ちょうどバイトが終わったところだ。そっちは？」

『うん、私もさっき収録が終わったとこ。急にびっくりしたでしょ？』

今は一人なのか、雫《しずく》は素の状態で話している。

スマホ越しに聞く彼女の声は新鮮で、灯也《とうや》は胸の辺りがこそばゆい気持ちになった。

『もしもーし？』

「あ、悪い。新鮮な気持ちに浸ってた」

『ふふ、なにそれ。変なの』

雫《しずく》の嬉《うれ》しそうな声が聞こえて、灯也《とうや》はまたもやくすぐったいような気持ちになる。

「でもバイト中にびっくりしたぞ、あれじゃ一種の逆ナンだろ」

『人聞き悪いな。元々知り合いなんだから逆ナンじゃなくない？』

「定義はよくわからないけども。でもなんで急に？」

『急じゃないよ。どっかで交換しなきゃって思ってたし』

「そうなのか？」

『うん。だって連絡先を知らないと、連休中に会えないじゃん』

「まあ、そうだよな、うん……」

お互いの顔が見えないからか、雫《しずく》はいつもの直球な物言いに拍車がかかっている気がした。それにどこか声が上擦っているというか、気持ちが昂《たかぶ》っているように感じる。

「でも、そっちに遊ぶ暇なんてあるのか？　クラスの奴《やつ》の誘いは断っていただろ」

『普通には無理だよ。だからちょっと瀬崎《せざき》くんには無茶なお願いをしちゃうかもだけど』

「はあ……？　俺はべつに、バイトのない時間ならいつでも空いてるぞ」

口に出してから修一《しゅういち》のことを思い出したが、元々あちらも恋人との予定が入っていない日の暇つぶしだと言っていたし、融通は利くはずだ。

『じゃあさ、移動するのとかはアリ？　たとえば、割と遠出することになったりとか』

「足になるような免許は持ってないから、電車で行ける範囲なら可能だ」

『よし。お金の方は気にしなくていいから、お互いの予定が合ったときに遊びたいんだけど、平気かな？』

「え、ああ……」

今のところ雫《しずく》に合わせて勢いのままに話が進んでいるが、肝心なところがはっきりしないというか、灯也《とうや》はどういう目的なのかがいまいち掴《つか》めないでいる。

そんな灯也《とうや》の気持ちをなんとなく察したのか、雫《しずく》はわざとらしく咳払《せきばら》いをする。

『あのさ、私って多忙なアイドルでしょ？　でもせっかくの大型連休だし、一日中は無理でも、合間の息抜きぐらいはしたいんだ』

「お、おう」

『だけどそれには、私のスケジュールで結構振り回しちゃうと思うし、何より素顔でいられる相手じゃないと、こっちも気を抜けないわけ。わかる？』

「それは、わかるよ」

『さっすが、空気の読める男』

「褒めてるのか馬鹿にしてるのか微妙なニュアンスだな」

『あはは、褒めてるってー』

ここまでくれば、おおよそ雫《しずく》の言いたいことは理解できた。

要するに、灯也《とうや》には遊び相手――というか、息抜き相手になってほしいわけだ。しかも、雫《しずく》のスケジュールの空き時間に合わせる形で。

ただこの時点でもわからないのは、具体的に何をするのかということ。

そして、懸念《けねん》事項についてである。

「まあ、俺も連休の予定はバイトぐらいしかなかったし、一緒に遊べるなら望むところだ」

『よし』

「でもさ、平気なのか？　さっき姫野《ひめの》が言った通り、俺は男だ。……本当に今さらかもしれないけど、アイドルが男と二人で遊ぶのは問題なんじゃないのか？」

『……アイドルだって、人間だし。べつに息抜きをするだけでデートってわけじゃないんだから、人目につかないようにすれば問題ないよ』

「姫野《ひめの》がそう言うなら、俺はこれ以上なにも言わないさ」

『ありがと』

実際のところ、問題がないはずはない。

いくら当人たちが『デートじゃない』と言い張っても、年頃の男女が二人で出かけていれば、それはデートだと判断されるのが実情だ。

しかも片方は人気絶頂のトップアイドル。二人でいるところを週刊誌の記者にでも見つかったら、きっといいスクープのネタにされるだろう。

雫《しずく》はそれをわかっていないほど、無知ではないはずだ。

そのリスクがあることを承知の上で誘ってくれているのだから、灯也《とうや》の方は素直に受け入れようと決めた。

「じゃあ、さっそく日程とか場所とか、あとはやることを詰めないとな」

『まずは瀬崎《せざき》くんのシフトと予定を教えて。そしたら私の方で空いている時間と場所を合わせるから、現地集合するなりして遊ぼうよ』

「ああ。ちなみに、姫野《ひめの》の行動範囲は都内に収まらない感じだったりするのか？」

『うん。全国ツアー中だし、映画の撮影もあったりするからいろいろとね。もちろん、都内でやる収録もあるから、基本は都内で遊ぶつもりだけど』

「じゃあさっき言ってた、お金は気にしなくていいとか云々《うんぬん》は？」

『他県で会う場合の移動費とか宿泊代は、私のポケットマネーから出すってこと』

「まさかとは思うけど……」

『うん、瀬崎《せざき》くんのぶんも』

「こええ……セレブの感覚怖すぎだろ！」

『私だって心の底から「連休だー！」って言いたいし。もしかして、日和ってないよね？』

「だ、誰が」

『うわ、声上擦ってるし』

「うるさいな、こっちは庶民なんだよ。とにかく、なるべく出費は抑える方向でいくぞ」

『ほーい』

なんて計画を口々に話していたのだが、雫《しずく》の方で動きがあったようで、

『ごめん、送迎の準備ができたみたいだから。また連絡するね』
「ああ、俺もシフト表を送っておくよ」
『うん、よろしくー』
そうして通話が終了する。
今になって気づいたが、灯也《とうや》の鼓動は早鐘を打つように高鳴っていた。
興奮するのも無理はない。
退屈なだけで終わるはずだった大型連休の予定が、一気に様変わりしそうなのだから。
しかも相手は、最近仲良くなった（？）トップアイドル様で。
「デートじゃないってことなら、かえって気楽に楽しめそうだ」
雫《しずく》が相手であれば、心の底からそう思えることが灯也《とうや》は嬉《うれ》しくて。
柄にもなく笑みをこぼしながら、灯也《とうや》は急ぎ足で帰路に就いた。

第五話　連休のはじまり

昨夜、灯也《とうや》と雫《しずく》は連絡先を交換した。

夜のうちにメッセで互いのスケジュールを共有し、連休中の予定はある程度埋まっていく。

やはりというべきか、雫《しずく》の予定は丸一日空いていることがなく、中には分単位で詰まっている部分や、遠方をいくつも移動することがあって、まさに多忙極まれりといった状態だった。

部外者の灯也《とうや》には明かされない仕事内容も多かったが、そもそも何をするのかまで知る必要はない。重要なのは変更になった場合、灯也《とうや》が臨機応変に合わせることだろう。

雫曰《しずくいわ》く、決めすぎるのもよくないとのことで、なるべく空いている時間に息抜きを――というのが、二人のコンセプトである。

そして連休初日。

さっそく灯也《とうや》は、午前中から都心部のダンススタジオを訪れていた。

「ここで合ってるよな……？」

四角形の大きな建物を見上げながら、ジャケットにチノパンといった無難コーデの灯也《とうや》は、やや緊張ぎみに呟《つぶや》く。雫《しずく》は中に入っているとのことで、おそるおそる施設に入った。

灯也《とうや》は受付で入館の手続きを済ませてから、二階の一部屋に向かう。

扉を開けたところで、灯也《とうや》は驚いた。

室内は広々としていて、床はフローリング。壁の一面には大きな鏡が設置されており、アイドルのドキュメント番組などで見たことのあるレッスン場のイメージそのままだったからだ。

その真ん中で一人、柔軟体操をする後ろ姿が見える。

ピンクのトップスに、ゆったりとしたグレーのパンツを合わせた一般的な練習着だが、その後ろ姿だけでもプロっぽく、そして明らかに美少女だと感じさせるから不思議だ。

「よお」

灯也《とうや》が声をかけると、ストレッチ中の人物——雫《しずく》は顔だけこちらに向けてくる。

「おーっす」

「なんかいつもと違う挨拶だな」

「え、なに？　——『おはようございまーす♪』とか言ってほしかった？」

前屈しながら可愛《かわい》い声で挨拶をされると、妙な違和感で感覚がおかしくなりそうだ。

「そういう意味じゃなくて、運動部っぽいと思っただけだよ」

「いいじゃん、可愛《かわい》くない私も受け入れてよ」

「へいへい」

「テキトーだなー」

なんとなくいつものノリで会話をしているが、灯也《とうや》の方は軽く困惑していた。

何せ、ここへ呼ばれた理由は定《さだ》かじゃない。これから何をするつもりなのか、灯也《とうや》は全くわかっていないのだ。

昨夜のうちに雫《しずく》からメッセで、『さっそく明日の自主練に付き合ってくれない？』と言われたので、こうして参加してみたまでだった。

ひとまず手持ち無沙汰だった灯也《とうや》は同じようにストレッチを始めると、それを見た雫《しずく》が吹き出す。

「な、なんだよ」

「いや、自主練に付き合ってとは言ったけどさ、瀬崎《せざき》くんにまで踊ってもらうつもりはないからね？」

「知ってるよ。俺が踊れるわけないだろ」

「ごめんごめん、ちょっと気まずかったんだよね」

「その通りだ。言ってしまえば、この施設だって俺には不慣れな未知の空間だしな」

「もうちょい待っててねー、すぐに終わるから」

「こっちのことは気にせず、いつも通りにやってくれ」

「ありがと」

運動をする前の柔軟は大事だ。念入りにやって損はない。

待っている間、雫《しずく》が気を利《き》かせて上部に設置されたモニターのスイッチを入れる。

画面には《プリンシア》のライブ映像が流れ出し、アイドル衣装の雫《しずく》が歌ったり踊ったりする姿を見ることができた。

『キミを想《おも》っているよ～♪』

ほとばしる汗に、弾《はじ》ける笑顔。

盛り上がりどころでカメラが寄ると、ハートマークと一緒にウインク。

スポットライトを浴びて輝く姫野《ひめの》雫《しずく》は、やはりどこまでもキュートなアイドルだった。

『みんな～っ、大好きだよ～！』

曲が終われば、ちゃんとファンサも欠かさない。これは人気が出るのも納得のパフォーマンスである。

生のライブで見たときにも思ったことだが、姫野《ひめの》雫《しずく》のスタイルはザ・王道だ。

特に奇をてらうわけでもなく、独特なところは透明感＋存在感といったところだろうか。

一括《ひとくく》りにすると『オーラ』と呼べるものが、姫野《ひめの》雫《しずく》は他のアイドルとは明らかに違うのである。

とはいえ、それをわかっても、灯也《とうや》が姫野《ひめの》雫《しずく》のファンになるわけではない。

ファンというのは魅了されたり、応援したいと思ったり、憧れる者を指すはずだ。

少なくとも今の灯也《とうや》が真っ先に思うのは、素の雫《しずく》の方が居心地はいいよなというくらいで、要するにアイドル姿の雫《しずく》のことは平常心で眺めていた。

「よし、終わりっと」

柔軟を終えた雫《しずく》が呟《つぶや》くとともに、灯也《とうや》は気になったことを尋ねてみる。

「なあ、姫野《ひめの》ってグループのメンバーとは仲良《い》いのか？」

「いきなり何？」

「オフの日に、メンバーと遊んだりはしないのかと思って。でもその顔だと、やっぱり仲良しってわけじゃないんだな」

雫《しずく》があからさまに苦々しい顔をするものだから、灯也《とうや》は苦笑してしまう。

「いいでしょ、べつに不仲でも。ほとんどのファンには気づかれてないんだし」

「というか、姫野《ひめの》の素顔を知ってる人ってどれだけいるんだ？」

「急に質問攻めするじゃん。そんなに気になるの？」

「まあ、それなりに」

ここは素直に答えると、雫《しずく》はやれやれと肩を竦《すく》めながら言う。

「瀬崎《せざき》くんだけだよ、私の素顔を知ってるのは」

「えっ」

「そこまで意外かな？　私、基本的に他人は信用しない主義だし」

「へ、へぇ……」

ぶっちゃけた話をさりげなくされて、灯也《とうや》は自然と口元が緩むのを感じた。

「お、なんか嬉《うれ》しそう」

「そりゃあまあ、特別扱いしてもらえるのは有《あ》り難《がた》いよな」

「じゃないとこうやって、オフに会ったりしないでしょ」

心なしか雫《しずく》は照れくさそうに言いながら、中央部分に立ってリモコンを操作する。

すると、端に置かれた小型スピーカーから、ライブ映像の中で歌っていた曲が流れ出した。

「一曲通すから、ちょっと見といてよ」

「お、おう」

それから雫《しずく》は、曲に合わせて本番さながらの振り付けをこなしていく。

歌わずにあくまでダンスの振り付けのみに集中したものだが、キレのある動きはそれだけで視線を釘付《くぎづ》けにする。

先ほどのライブ映像に比べて派手なアイドル衣装でもなく、歌唱もしないことから、ある程度は見劣りするのではないかと思ったが、全然そんなことはない。

テンポのいいサビ部分では動きもスピーディになり、雫《しずく》は汗だくになっていたが、それでも笑顔を歪《ゆが》めることはなかった。

これが人気アイドルの実力なのだと、灯也《とうや》は実感させられるのだった。

――パチパチパチッ。曲が終わったところで、灯也《とうや》は拍手を送っていた。

雫《しずく》は全身から力を抜いて、タオルで汗を拭いながら近づいてくる。

「どうだった？　結構、様になってたでしょ」

「ああ、すごかった。やっぱりプロだな」

「出てくる感想がそれって、やっぱり瀬崎《せざき》くんは瀬崎《せざき》くんだよね」

「どういう意味だ？」

「普通だと『可愛《かわい》い』とか『綺麗《きれい》』とか、そういう感想が出てきそうなところを、瀬崎《せざき》くんの『やっぱりプロだな』って感想は簡素というか、なんか面白い意見だからさ」

雫《しずく》がどことなくニヤつきながら言うものだから、灯也《とうや》は若干ムキになって言い返す。

「仕方ないだろ、そういう感想が一番に思い浮かんだわけだし。でもまあ、お世辞でよければ言うぞ？　『雫《しずく》ちゃんカワイイ～』ってな」

「ぷはっ、似合わなっ」

「くっ、なにが女神だ。この猫かぶり女め」

「あはは、べつに責めてないんだしすねるなよ～」

雫《しずく》に脇腹を小突かれたことで、灯也《とうや》はこそばゆい気持ちになりながら目を逸《そ》らす。

「俺はすねているわけじゃない」

「ちなみにその大層な呼び名だけど、私が普段から自分で『女神すぎるシズクちゃんです♪』

とか言っているわけじゃないからね？」

「どうだかな」

「だって私、女神って柄じゃないしさー」

雫《しずく》が言いながら伸びをする、その仕草までもが美しいのだから、なんとも説得力は皆無である。

「ま、まあその辺りはさておき、距離感には気をつけてくれよ。その薄着でスキンシップをされるのは、さすがに刺激が強すぎる」

「はあ……？　瀬崎《せざき》くんのそういう線引きってさ、いまいちわからないんだよね。というか、異性に興味とかあったりするの？」

「なんだその質問は！　人並みにはあるつもりだぞ、一応！」

すぐさま反論してみせるが、灯也《とうや》自身は誰かと付き合ったことなどないし、なんなら初恋の経験だっておそらくないわけだが。

「ごめんごめん、でもわかりづらいのは本当だから」

「気持ちはわからないでもないけどな。俺は冷めているように見られることが多いし、現に、恋人だっていたことがないわけで」

灯也《とうや》は恋愛自体に興味がないわけじゃないが、部活動をやめて以来、何かに熱中することに苦手意識というか、距離を置くような気持ちになった自覚があった。

だからこそ、こうして雫《しずく》との不思議な関係が続いていることには、自分でも驚いているわけだが。

「まあでも、そのおかげで私たちは一緒にいられるのかもしれないけどね。万が一にも瀬崎《せざき》くんにガチ恋とかされたら、多分今みたいな関係ではいられないと思うし」

「だな」

なんて会話をしながら、雫《しずく》は二曲目の再生を始めた。

「んで、姫野《ひめの》はこういう話をするために俺を呼んだのか？　それとも、目的はダンスを見せるためだったとか？」

「……どっちも、かな。一応だけど、瀬崎《せざき》くんにはアイドルの私の技術面も認めてほしい――的な。ごめん、ちょっと重いよね。ライブツアー中だからナーバスになってるのかも」

「重いってことはないよ。それに俺だって偉そうなことを言うつもりはないけど、アイドルとしての姫野《ひめの》がすごいってことは、とっくにわかっているつもりだからさ」

「ならいいや。――それと今日呼んだのは他にも目的があってね、まあここでやることじゃないんだけど」

「ほう？」

「とりあえず、もう少し調整させて」

そう言って、雫《しずく》は再び踊り始めた。

灯也《とうや》自身も退屈に感じているわけではないので、雫《しずく》の華麗なダンスを眺めて過ごした。


「ふぃ〜、終わった終わった」

雲一つない青空の下、雫《しずく》は清々《すがすが》しい様子で言いながら伸びをしている。

自主練とやらは一時間ほどで終わり、二人は揃《そろ》ってスタジオの外に出ていた。

当然ながら雫《しずく》は私服に着替えていて、白いノースリーブのトップスに、ネイビーカラーのワイドパンツを合わせた目にも爽やかな装《よそお》いだった。

髪はおさげに結び、伊達《だて》眼鏡とマスクを着用しているものの、いつものキャップはない。変装というよりかは、私服＋カモフラージュ道具といったところだ。

肩回りがすっきりしているからか、白い素肌が視界に映り、灯也《とうや》は隣を歩くだけでドキドキしてしまう。

そんな灯也《とうや》を見て、雫《しずく》は愉快そうに微笑《ほほえ》んだ。

「ほんとだ。瀬崎《せざき》くんってアイドルの私に興味がないだけで、ちゃんと人並みには異性のことを意識するんだね」

「俺は最初からそう言ってるだろ。──って、どうして今そんなことを言うんだよ？」

「さあ？　誰かさんが鼻の下を伸ばしていたからじゃない？」

「嫌なやつ。──で、これからどうする？　たしか昼過ぎには雑誌の撮影があるんだろ？」

「うん。だから先にお昼ご飯を済ませちゃお」

行き先は決まっているのか、雫《しずく》は先導するようにルンルンと歩いていく。

「ご機嫌だな」

「まあね。私も今、ゴールデンウィークが始まったーって実感してるし」

「そりゃよかった」

街中は連休ならではの混雑具合だが、すれ違う人々の視線が雫《しずく》の方に向けられるのを感じる。

最初はアイドルであることがバレたのかと思ったが、どうやらそうではないらしい。

私服が女性っぽくなるだけで、素の状態でも視線を集めるようになる。これまでの中性的な服装のカモフラージュ効果を実感するとともに、灯也《とうや》は多少の危機感を抱いていた。

「なあ、結構じろじろ見られてるぞ」

灯也《とうや》が耳打ちすると、雫《しずく》は余裕そうに答える。

「平気だよ、堂々としていればね。でも私がスカウトに声をかけられたりしても、足は止めないように気をつけてね」

「了解だ」

雫《しずく》が平気だというのなら、灯也《とうや》は信じるしかない。

素の状態の彼女は、気ままではあるが落ち着いた雰囲気だし、アイドルのときのような弾《はじ》けたオーラは感じられないわけで。

……ただ、透明感はある。

あの抜けるような、人目を引きつけてやまない透明感が。

これだけで周囲は目を奪われるし、足を止める者さえいるほどだった。

そうして一種のスリルがある徒歩横断をした末の目的地。

それはチェーン営業のハンバーグレストランだった。

店の前に並んだのぼりには、見覚えのあるアイドルらしき女性の姿がある。

「これ、姫野《ひめの》か」

「そうだよ」

驚いたことに、のぼりには雫《しずく》の姿があったのだ。

のぼりの雫《しずく》はウェイトレス服を着用していて、ベレー帽とエプロン姿がやけに似合っていた。

この店は全国にチェーン展開しているとはいえ、アイドルとハンバーグの組み合わせには些《いささ》か違和感を覚えるのだが、雫《しずく》はどこか自慢げで誇らしい様子だ。

「ほんと、姫野《ひめの》ってどこにでもいるんだな……」

「その言い方はなんか引っかかるんだけど。女の子を虫みたいに言わないでよ」

「悪かった。ここで食べるのか？」

「うん、こういうところって一人じゃ入りづらいからさ。これが今日の目的」

「なるほど、んじゃ入りますか」

　今度は灯也《とうや》が先導するように中へ入ると、店員から混雑しているせいで待ち時間がかかると言われたものの、二人は店内で待つことにした。


「和風たらこスパゲッティと、シーザーサラダのお客様」

「こっちでーす」

　カロリー控えめな品を店員が運んでくると、雫《しずく》が淡々と挙手してみせる。

「……そうなるよなぁ」

　ほんの僅かに雫《しずく》がハンバーグステーキをガッツリ食べる姿を見られるのではと期待したが、そうはならないらしい。

　向かいに座る灯也《とうや》は苦笑しつつも、自身の目の前に置かれたチーズバーグステーキに向き直る。

「なにを期待してたのかは知らないけど、私もハンバーグは食べるからね？　──はい、小皿に一口ぶん載せて」

「はいよ」

　灯也《とうや》がハンバーグを一切れ小皿に載せている間に、雫《しずく》は自身のスパゲッティを小皿に取り分ける。

「俺にもくれるのか？」

「もちろん。サラダもあげるよ」

雫《しずく》はボウルに入った大量のサラダも小皿に取り分けて、灯也《とうや》の前に並べる。

そのテキパキとした手際《てぎわ》に灯也《とうや》は感心しつつも、出揃《でそろ》ったところで両手を合わせて、

「「いただきます」」

二人で声を合わせるなり、雫《しずく》はハンバーグステーキを口に運ぶ。

「ん～、美味《おい》しい」

口調は淡々としているので、いまいち喜びは伝わってこないが、どうやらご満悦らしい。

「そんなに美味《うま》いのか？」

「食べればわかるよ」

どうしてだか雫《しずく》からは試すような視線を向けられて、それが灯也《とうや》の期待感を増す。

「じゃあ、遠慮なく」

一切れのハンバーグをフォークで刺して、灯也《とうや》は口に運ぶ。

すると、ジューシーな肉汁とチーズのコクが口いっぱいに広がって、灯也《とうや》は口の中を火傷《やけど》し
そうになりながらもライスをかき込んだ。

「うん、美味《うま》いな」

「でしょ？　お肉って、なんでこんなに美味《おい》しいんだろうね」

とはいえ、灯也《とうや》は雫《しずく》ほど感動しているわけでもない。

どちらかといえば馴染《なじ》みのある味だし、若干雫《しずく》のリアクションがオーバーに感じられるほどだ。

でも雫《しずく》は、心底食べたそうな視線をハンバーグに向けている。

「食べたければ、いくらでも食べていいぞ？」

「ううん、これでも食事制限中だから。身体《からだ》を動かした後とはいえ、味見だけなら一口で十分だよ」

雫《しずく》は雑念を振り払うように、サラダを口に運んだ。

と、そこで店内に雫《しずく》たち《プリンシア》による宣伝音声が流れ始めた。

『――ニックニク～♪　どうも、《プリンシア》の姫野《ひめの》雫《しずく》です！　口に入れた瞬間にじゅわ～っと肉汁が広がるアツアツのハンバーグ、たまらないですよね！　私も大好物です！』

この音声はキャンペーンガールとしてPR活動をしているだけのはずだが、まるで今の雫《しずく》の気持ちを代弁しているように聞こえる。

せっかく音声ではハンバーグの味を力説しているというのに、実際に来店した雫《しずく》はサラダばかりを食べているので、見ている側としては複雑な気分にさせられた。

「ここに来たかったのって、自分が宣伝をやっているからか？」

「そんなとこ。あとは現場の確認もそうだけど、PR撮影のときに食べるのと、普通に食べるのとは感覚が違うしね」

「俺がいれば、味見をした後に残りは食べてもらえるしな」

「そうそう。頼んで残すのはもったいないし、男の子はこういうの好きでしょ？」

「なかなかやり手だな」

「まあね」

どうやら雫《しずく》なりに考えがあってのことだったようだ。

人気商売というのも大変なものだと、灯也《とうや》は素直に感心させられた。

「ていうか、瀬崎《せざき》くんもサラダ食べなよ。全然手を付けてないじゃん」

「べつに好んで食べたいほど野菜が好きでもないしな～」

「そういう問題じゃなくて、栄養的にさ。お肉ばっかりだと太るよ？」

「俺、昔からあんまり太らない体質だから」

「そう言ってる人ほど、二十歳過ぎてからブクブク太るらしいよ？」

「マジか、それは怖いな」

特に危機感もなく言いながら、灯也《とうや》はハンバーグを頬張る。

もちろん、サラダだって盛られた分は食べきるつもりだが、あんまり早く食べ終わるとお代わりを盛られそうなので、手を付けるのは最後にするつもりだった。

「瀬崎《せざき》くんって、意外と頑固だよね」

「姫野《ひめの》にだけは言われたくないぞ」

などと言い合いをしていると、

「ねぇねぇ、あの子可愛《かわい》くない？」

「あ、ほんとだ、めっちゃ可愛《かわい》いじゃん」

「モデルさんかな？　腕とか細いな〜」

近くの席でカップルがこちらを見ながらひそひそと会話を始めて、灯也《とうや》たちはぎくりとしてしまう。

雫《しずく》は気まずそうに顔を伏せながら、黙々とスパゲッティを口に運んでいく。

いくら雫《しずく》の変装が上手で、素だと雰囲気が違うからといって、見る人によっては気づく場合もあるはずだ。

それに食事中の今はマスクもしていないし、伊達《だて》眼鏡だけだと心もとないのも事実。

ゆえに、灯也《とうや》はあえてカップルの方を見遣《みや》って、わざとらしく咳払《せきばら》いをする。

カップルの男女は申し訳なさそうに視線を逸《そ》らしたのち、別の話題で盛り上がり始めた。

「……助かった、ありがと」

「いいよ、自分のためでもあるし」

「やっぱり帽子も被《かぶ》ってくるべきだったかな」

「姫野《ひめの》は今日、帽子を被《かぶ》りたくなかったんだろ。俺としても、今の服装的にはない方が良《い》い感じだと思う」

「うん」

雫《しずく》は頬をほんのり赤くしながら俯《うつむ》いてしまう。

その仕草を見て灯也《とうや》まで気恥ずかしくなったので、その後はお互いに黙々と食べ続けた。


店を出てからは、雑誌の撮影があるという雫《しずく》を駅まで送り届ける。

「今日はありがと、また連絡する。そっちもバイトがんばってね」

「ああ、またな」

別《わか》れ際《ぎわ》はあっさりと。

互いに手を振り合ってから、雫《しずく》はタクシーに乗り、灯也《とうや》は駅のホームへと降りていく。

――ブーッ。

灯也《とうや》のスマホが振動したので確認すると、雫《しずく》からのメッセだった。

『瀬崎《せざき》くんって、服とか興味ある？』

別れてすぐにメッセが届いたので何事かと思ったが、内容は普通だったので、灯也《とうや》は頬を緩ませながらも返信する。

『特には。でも買い物なら付き合うぞ』

『じゃあ今度は古着屋に行こうよ』

『オッケー』

『決まりね』

次に会えるのは、おそらく三日後の夕方頃だ。

大して日にちが空くわけでもないのに、灯也《とうや》は今から待ち遠しい気分になるのだった。

◇

翌日。

「ご来店ありがとうございます、こちらの名簿にご記入ください」

灯也《とうや》は昼からカラオケ店でバイトをしていた。

今日も大混雑で多忙が続く。客足が途絶えることはない。

だがようやく少し落ち着いてきた辺りで、見知った顔が現れる。

「やっほー、遊びに来たわよ」

大勢でやってきたのは、夏希《なつき》と軽音部の女子たちだった。

何人かは明るい髪色をしていて、店内のライトを浴びると目に痛いくらいである。

「はぁ……こちらの名簿にご記入を」

「ごめんってば、忙しいときにお邪魔だったよね？」

「まあな。あんまり騒ぐなよ？」

「ウケるー、ここカラオケっしょ。騒ぐための場所じゃーん」

口を挟んできたのは、軽音部の女子A（※灯也《とうや》は名前を覚えていない）。

灯也《とうや》はそちらには反応せず、夏希《なつき》を冷めた目で見つめる。

「ドリンクは？　利用時間は一時間でいいだろ」

「いや、普通にフリータイムなんですけど。みんなドリンクバーで」

「了解。──お部屋をご案内しますので、少々お待ちください」

利用可能な部屋をチェックしている間に、先ほどの女子Aが絡《から》んでくる。

「てかさー、瀬崎《せざき》くんって姫野《ひめの》さんと仲良《い》いんでしょ？　ぶっちゃけ狙ってんの？」

直球の物言いに、自然と気圧《けお》されそうになる。あと、なかなか強めな香水の匂いがした。

「仲は良《い》いけど、狙ってるとかはないよ」

「だってさ、夏希《なつき》」

「は？　なんでうちに言うのよ」

「う～、怖っ。──こんな感じだからさ、夏希《なつき》とももっと遊んであげてよ」

「お気遣いどうも。暇があればな」

灯也《とうや》がそう答えると、女子Aは満足そうに頷《うなず》いてから離れていく。どうやら友達思いの良《い》い人だったらしい。

夏希《なつき》と顔を合わせるのはゲーセンで会ったとき以来だが、一緒に《プリンシア》のライブに行ったことは周囲に話していないようだ。

空き部屋のプレートを夏希《なつき》に渡し、口頭で場所を伝えてから見送る。

すぐに次の客の案内を済ませてから、対応待ちの列が途切れたことでひと息ついた。

今日は人手が足りていないので、灯也《とうや》のような高校生バイトはフロント業務以外にも掃除やトラブル対応をするホール業務に、時々キッチン業務もやることになる。

とはいえ、それも慣れてしまえばおおよそ繰り返しの作業と言えるわけだが、摩耗していく心を紛らわすのは、店内に流れる《プリンシア》の楽曲と、大型モニターに映る雫《しずく》の笑顔だった。

「休憩入りまーす」

灯也《とうや》は厨房《ちゆうぼう》にちょろっと顔を出してから一言告げると、誰もいない休憩用の個室に入る。

パイプ椅子に腰かけてから、スマホをチェック。昼前に送った雫《しずく》へのメッセには既読が付いておらず、今も忙しくしているのが推測できた。

なので暇つぶしがてら、SNSで姫野《ひめの》雫《しずく》の公式アカウントを確認すると、スタッフらしき人物によって、ソフトクリームを頬張る雫《しずく》の画像が投稿されていた。

しかも、その様子を撮影したと思われるショート動画まで投稿されていたので、イヤホンを着けてから再生ボタンを押す。

『ん〜っ、めっちゃ美味《おい》しいです〜！』

「ふっ」

あっちも頑張っているんだなと思ったら、灯也《とうや》は自然と笑みをこぼしていた。

傍《はた》から見たら、アイドルのオフショット風動画を見て微笑《ほほえ》んでいるだけなので、誰かに見られなくてよかった光景だ。

ひとまずスマホを置いて、気を落ち着かせようと思ったところで、

――ブーッ。

スマホが振動したので急いで確認すると、夏希《なつき》からのメッセだった。……その途端、灯也《とうや》は一気に脱力する。

『そろそろ休憩じゃなかった？』

そういえば、夏希《なつき》には部屋の案内をしたとき、休憩時間を聞かれたので教えていた。なぜ気にするのかはわからなかったが、ひとまず『休憩中』とだけ返信する。

すると、『うちらの部屋に来て』とメッセがきた。

当然断ったのだが、『いいから来い』と返信がきたので仕方なく、灯也《とうや》は夏希《なつき》のいる個室に向かうことに。

一応はノックをしてから個室に入ると、中では夏希《なつき》たち軽音部の面々が激しく盛り上がっていた。

一瞬だけ足を踏み出すことに抵抗を覚えたが、何人かに歓迎ムードで手招きをされたので、歓声を上げる夏希《なつき》の隣に座って声をかける。

「おい、来てやったぞ。一体なんの用だよ？」

「おつかれー。ちょっと一緒に歌いたくなっただけよ」

「は？　俺が歌うわけないだろ」

「バイトだから？　でも今休憩中でしょ」

「いや、そうじゃなくて。この部屋の利用料金を払わなきゃいけなくなるし」

「あ、そこは失念してたわ。ま、いいじゃない、一曲ぐらい」

「よくないから」

用がそれだけなら、と灯也《とうや》が退室しかけたところで、前の方でちょうどデュエット曲を歌い終わった二人組がマイクを使って「「ストーップ！」」と呼び止めてくる。

「なっちゃんと歌ってあげてよー！　なっちゃんずっと寂しそうにしてたからーっ！」

なっちゃんというのは、夏希《なつき》のことだ。彼女が一部の部活仲間からそう呼ばれていることは知っているが、久々に聞くとなぜだか笑ってしまいそうになる。

「いや、寂しそうになんかしてないから！」

言いながら、夏希《なつき》が入れたのは《プリンシア》の楽曲。

それを灯也《とうや》と二人で歌うつもりなのか、二本手にしたマイクの一方を手渡してくる。

「店にバレたら一緒に謝るから、一曲くらい付き合いなさいよ」

「いや、だったらせめて男の曲を歌わせてくれよ……」

「うっさい。あんた用に最近の曲にしてあげたんだから、感謝しなさいよね」

「はいはい」

というわけで、なぜだか軽音部の女子たちの前で夏希《なつき》と一緒に、《プリンシア》の曲を歌うことになってしまい……。

歌詞は完璧でそれなりに上手《うま》い夏希《なつき》と、なんとなくうろ覚え状態の灯也《とうや》によるデュエットが始まった。

どうしてだか室内は大盛り上がりとなっており、灯也《とうや》としては恥ずかしさにも慣れてきて、意味不明なだけの心境になっていく。

（ま、これも話のネタになるか）

などと、後半には能天気なことを考える余裕も生まれていた。


「悪かったわね、いきなり付き合わせて」

歌い終わって個室を出たところで、夏希《なつき》に謝罪をされた。

「いや、べつにいいって。未《いま》だに参加させられた理由は謎だけど」

「トーヤの連休はずっとバイト漬けだって、向井《むかい》から聞いたから。ちょっとは息抜きさせようかなと思って」

なるほど、夏希《なつき》なりに気を遣ってくれたらしい。

その気持ちは素直に嬉《うれ》しいので、感謝しておくべきだろう。

「お気遣いどうも。けどまあ、予定が変わってさ。そうでもなくなったというか」

「え、マジで？」

「ああ。確かにバイトは結構入ってるけど、そのぶん息抜きもしてるよ」

「なーんだ、暇なら遊んでやろうと思ったのに」

「そういえば、明日は登校日だよな。帰りに修一《しゅういち》とゲーセンに行くけど、金井《かない》も来るか？」

その誘いに、夏希《なつき》は目をぱちくりとさせた後、

「え、あ〜、じゃあ行こうかな」

どうにも照れくさそうに、夏希《なつき》は承諾してみせる。

つい最近まで疎遠状態だった夏希《なつき》を自然に誘えたことに、灯也《とうや》は自分でも驚いていた。

「じゃあ、修一《しゅういち》にも伝えておくよ」

「う、うん。それじゃ、残りもがんばってね」

「おう、またな」

夏希《なつき》はどことなく嬉《うれ》しそうに部屋へと入っていく。

灯也《とうや》も休憩室に戻ろうとしたところで、スマホが振動した。

確認すると、雫《しずく》からのメッセが届いていて。

『今日のお昼』

文面とともに添付されていた画像には、串カツを両手に持ったドヤ顔の雫《しずく》が映っていた。

「これは確かに、ソフトクリームの方を投稿するわな」

甘い物に目がないアイドルと、串カツにがっつくアイドル。

時と場合によるが、無難にウケを狙うのであれば前者に決まっている。

ただ、灯也《とうや》としては後者の雫《しずく》も可愛《かわい》らしいと思ってしまったわけで。

悪気はなく『似合ってるぞ』と送ったのだが、雫《しずく》からは怒りマークのついたスタンプが送られてきたのだった。

『でさ、串カツでお腹《なか》がいっぱいなのに、うな重まで出てきて。でも食べなきゃいけないじゃん、プロとしてはさ。あんな美味《おい》しそうな物を残すとか、あり得ないし』

その日の夜、灯也《とうや》と雫《しずく》は通話をしていた。

雫《しずく》は現在、全国ツアーの開催地である地方のホテルにいるようで、自室だからと寝転がりながら通話をしているらしい。

話題は主に、雫《しずく》が訪れている地方の話だ。今はもっぱら、食べ物の話になっているが。

「メシテロ画像ばっかり送ってくるから、てっきり嫌がらせのつもりかと思ったぞ」

『違うって。がんばった自慢だから』

「なら偉い偉い。でもプロなんだったら、串カツの方を我慢するべきだったと思うぞ。あれはカメラが回ってなかったんだろ？」

『そうだけど、食べたかったし。でも、明日はお腹《なか》が出る衣装なのに大丈夫かな……』

併せてライブ円盤用のメイキング映像も撮影しているようで、串カツの方はそちらで使われるとのこと。

カロリーを気にし始めた雫《しずく》の気持ちを紛らわせる目的で、灯也《とうや》は今日の出来事を話すことにする。

「実は今日、姫野《ひめの》たちの曲を歌ったよ」

『え？』

「【君だけのプリンセス】、だったか。うちのカラオケに来た軽音部の女子たちの前で歌わされてさ。ライブで聞いたくらいだったけど、金井《かない》とのデュエットだったからそこそこ歌えたよ。ま、半分くらいは罰ゲームみたいなノリだったけどな」

『ふーん』

これは何やら、思っていた反応と違う。

雲行きが怪しいというか、声からは雫《しずく》の不機嫌指数が高まったのを感じた。

「ま、この話はいいか」

『いやいや、念願のハーレムが体験できたみたいでよかったじゃん。金井《かない》さん、だっけ。やっぱり仲良《い》いんだ』

「といっても、話したのはライブ以来——いや、ゲーセンで会って以来だけどな。……もしかして、金井《かない》と何かあったのか？」

『私自身には何も。話したこともないくらいだし』

「その割には、ご機嫌ナナメになっているような気がするんだが」

『気のせいじゃない？』

「そうか、ならいいんだ」

『ちっ』

「おい、アイドルが舌打ちなんかしていいのかよ……」

『舌打ちなんかしてないから』

「嘘《うそ》つけ」

『仮にしていたとしても、今はオフモードの私だし』

「まさに究極のヘリクツだな……。まあ、知っているのが俺だけなら問題ないか」

『ちっ』

「だからって堂々とやるのはどうかと思うぞ!?」

『どうもすいませーん』

この感じだと、明日の登校日にゲーセンへ行く約束をしたことは、黙っておいた方がよさそうだ。雫《しずく》はライブの関係で欠席する予定だし、灯也《とうや》は余計なことを口走らないようにした。

と、その辺りでスマホ越しに、何やらカサカサと衣擦《きぬず》れするような物音が聞こえてくる。

不思議に思った灯也《とうや》は、耳を澄ませてみたのだが、

『んっしょ』

「あのー、姫野《ひめの》さん」

『なにー？』

「いや、なにをしているのか聞きたいのはこっちなんですが」

『どうしていきなり敬語？』

「その、俺の気のせいでなければ、衣擦《きぬず》れ音といいますか……」

『あー、半身浴の準備ができたから、今脱いでるとこ』

「ぶふっ⁉」

思わず吹き出した灯也《とうや》に対し、雫《しずく》はやれやれとでも言いたげなため息をつく。

『あのね、いちいち変な反応しないでよ。べつにビデオ通話しようってわけじゃないんだし』

「そうは言ってもな……」

――じゃぱー……

動揺する灯也《とうや》をよそに、お湯をかけるような音が聞こえてきた。

そしてそのまま、入浴したのがわかる着水音が耳に届く。

「…………」

『べつに卑猥《ひわい》な妄想をするぐらいは勝手だけどさ、せめて話し相手は続けてほしいなー』

「いや、俺は卑猥《ひわい》な妄想とかしてないって」

『はいはい、貴重な入浴ASMRを堪能《たんのう》してくださいな』

「馬鹿にしやがって……」

とはいえ、実際に妄想が捗《はかど》っているのだから仕方ない。

雫《しずく》は浴室にいるからか、その声はエコーがかかって反響するように聞こえるし、彼女が動く度にちゃぷぱちゃぱと水を弾《はじ》くような音が耳に届いてきて、心地いいのもたしかだ。

（にしても、姫野《ひめの》はこういうところもサバサバしているというか、隙があるというか……）

以前から思っていることだが、雫《しずく》は素の性格だとサバサバしていてなおかつ隙だらけだ。

たまのスキンシップは一般的な男子だと勘違いするレベルだし、距離感がおかしいと思うことが多々ある。

ただまあ、それに関しては灯也《とうや》が男——異性として見られていないことが要因の一つだとも思うので、あまり強く出られないわけだが。

とはいえ、灯也《とうや》だって舐《な》められっぱなしでいるのは癪《しゃく》なわけで。

「ならずいぶん余裕そうな姫野《ひめの》に質問だけど、今はタオルとかつけてるのか？」

『一人でいるのにタオルをつけるわけないじゃん。普通に全裸だよ』

「あ、あのなっ、そこはもう少しオブラートに包むというか、恥じらいを持てよ！」

灯也《とうや》としてはここで多少の恥じらいを期待したのだが、狙いは大きく外れてしまった。

仮にも男友達と通話中だというのに、雫《しずく》は心底くつろいだ様子で息をつく。

『ふぅ〜。結構疲れてるから、そういうのは大目に見てくださーい』

「だったら俺との通話を切るとかさ」

『それもなんだかなーって感じ』

「ああもういい、わかった。どうあっても俺が折れるしかないみたいだな。ここは無心に徹してみせるさ」

『あはは、無心になったら話せないじゃん』

「このマイペース女め……」

『それ悪口のつもり〜？　マイペースって、私的には褒め言葉なんだけど〜』

「じゃあ、素顔は隙だらけサバサバ女」

『お、今のは少し効いたかも』

「あとは……いや、いい。考えてみれば、姫野《ひめの》にあんまり悪いところはないしな」

雫《しずく》の有効範囲が灯也《とうや》にはよくわからない。

『お〜、デレた。珍しいね。今のは癒やしになったかも〜』

「それは結構。でも半身浴をしながら寝たりするなよ？　ライブがあるんだし、風邪を引いたら洒落《しゃれ》にならないだろ」

『だね〜。そろそろ出よっかな』

「ああ、そうしてくれ」

『でも電話は切らないでねー。今日は寝るまで付き合ってもらうから』

「はいはい」

その後、半身浴を終えた雫《しずく》としばらくたわいない話を続けたのち、日付が変わる前には通話を切るのだった。

◇

夜が明けて登校日。

事前に聞いていた通り、雫《しずく》は欠席した。

連休の合間だからか、校内にはどこかぼんやりした空気が漂っており、灯也《とうや》もいまいち集中を欠いたまま授業を受ける。

そして放課後を迎えると、灯也《とうや》は修一《しゅういち》や夏希《なつき》とともにゲームセンターに集まった。

「にしても、登校日って意味ないよなー」

気のせいか、少し日焼けした修一《しゆういち》が楽しげに言う。

現在は格ゲーで修一《しゆういち》と夏希《なつき》が戦っている最中であり、ギャラリーの灯也《とうや》は修一《しゆういち》の隣で観戦していた。

「ゴールデンウィークといっても、祝日が固まっているだけだからな。そっちは楽しい連休を過ごしているみたいで何よりだけど」

「デートはお金がかかるもんで、お財布事情は寂しいことになってるけどな。オレもやっぱりバイトを増やそうかな～――って、あっ、くそ！」

修一《しゆういち》は居酒屋のキッチンスタッフとして働いているが、あまりシフトを入れてもらえないらしく、いつも金欠を嘆いている。

一方、夏希《なつき》の方は親に溺愛されているからか、小遣いだけで十分にやり繰りできているようで、バイトの必要はないらしい。あれだけの推し活グッズを買ってもなお金銭に余裕があるとは、すごい格差である。

「雑魚《ざこ》過ぎて話にならん。トーヤ、その浮かれ野郎と代わりなさい」

向かいの筐体《きようたい》に居座る夏希《なつき》がつまらなそうに言う。

一方的にボコられた修一《しゆういち》は肩を落としながら席をどき、代わりに灯也《とうや》が腰かけた。

「少しはうちを楽しませなさいよ？」

夏希《なつき》が顔を覗《のぞ》かせながら挑発してくるが、灯也《とうや》は冷静に頷《うなず》くのみ。

試合が始まると、一方的な展開になった。

流麗なコンボが決まり、見るも鮮やかなほどにＨＰバーが削れていく。

そして瞬《また》く間《ま》に――Ｋ・Ｏの文字が表示された。

勝ったのは、またもや夏希《なつき》だった。

「ちょっ、弱すぎ。嘘《うそ》でしょ？」

「どうしたんだよ格ゲーマスター！」

「ダメだ、全然集中できない……」

「「なにがあった……」」

明日は、三日ぶりに雫《しずく》と会う予定だ。

ただそれだけのことが楽しみで、灯也《とうや》は目の前の対戦に集中できずにいた。

「悪い、今日はもう帰るわ」

「お、おう」

「気をつけて帰りなさいよー」

心配そうな二人に見送られながら、灯也《とうや》はとぼとぼとゲームセンターを後にする。

「……そんなに浮かれているつもりはないんだけどな」

ぼそりと独り言を呟《つぶや》きながら、灯也《とうや》はスマホを取り出した。

昼に送った雫《しずく》へのメッセには既読が付いておらず、ため息交じりにスマホをしまう。

灯也《とうや》は自分の中で、雫《しずく》の存在が日に日に大きくなっていることを自覚していた。

でもそれはおそらく友達としての話で、恋愛的な意味合いじゃないはずだ——と。

灯也《とうや》は自己完結をして、ゆっくりと帰路に就いた。

◇

翌日の昼過ぎ。

待ち合わせ場所は、古着屋が多いことで有名な街。

雲一つない晴れ空の下。駅を出た灯也《とうや》は、そわそわした気持ちで辺りを見回した。

けれど、雫《しずく》らしき人物の姿はまだ見えない。代わりに、オシャレな身なりの若者は多く目に付いた。

ちなみに灯也《とうや》はグレーのジャケットにチノパンを合わせた無難なコーデで、目立ちはしないが周囲から浮くほどでもない見栄《みば》えである。

つんつん、と。

肩をつつかれたので振り返ると、そこには眼鏡をかけた女性が立っていた。

化粧っ気はなく、黒いブラウスにデニムのスキニーパンツを合わせて、長い髪をポニーテールに結んだその女性は、スタイルが良《い》いものの、どこか地味な印象を与えてくる。

これは人違いか、それとも何かの勧誘かと思ったのだが、

「おまたせ」

淡々と告げられたのは、そんな言葉。

まさか。

「……姫野《ひめの》、なのか？」

灯也《とうや》が半信半疑で尋ねると、目の前の女性——姫野《ひめの》雫《しずく》はこくんと頷《うなず》いてみせる。

驚く灯也《とうや》に構わず、雫《しずく》は「行こ」と告げて歩き出す。

「なんというか、すごいな。まるで別人みたいだ」

「これなら私だってバレないでしょ？」

「ああ……声をかけられても、すぐにはピンとこなかったよ」

なるほど、前回のハンバーグレストランの際に注目されたことを気にしてのことらしい。

目の前にいる雫《しずく》は、地味で普通の女性といった感じだ。

マスクはしていないが、表情や佇《たたず》まいがいつも以上にダウナーな雰囲気を醸《かも》し出《だ》していることで、存在感が希薄に思えた。

でもよく見れば顔立ちは整っているし、スタイルも良《い》いことに変わりはない。なんともすごい変装っぷりである。

「今日はちょっと本気を出してみたの。ベースメイクから血色の悪さを意識したりとかね」

「メイクで様変わりするものなんだな。俺も一瞬誰だかわからなかったくらいだ」

「なら狙い通り。容姿だけじゃなくて、立ち居振る舞いも意識したしね」

「やっぱり姫野《ひめの》は、女優の才能もあるんだろうな」

「どうかな。その辺りも、自信がないわけじゃないけど？」

その微笑《ほほえ》みは自信を感じさせ、派手さはないのに目を奪われる。

彼女はどこまで多才なのか、灯也《とうや》は驚きつつも気になっていたことを口にする。

「でもそれじゃあ、これからは今みたいな感じが普通になるのか？」

「ならないよ。さすがに私もすっぴん風メイクで通すつもりはないし。いつものオフだって、あれはあれで私なりのオシャレをしてるつもりなんだからね？」

「そうか、そうだよな」

灯也《とうや》の安堵《あんど》が伝わったのか、雫《しずく》は苦笑してみせる。

「今は全国ツアーの真っ最中だからさ、何かしらバレるようなリスクは避けたいだけ。やっぱり今日のも、傍《はた》から見れば完全にデートなわけだし」

「うっ……」

その響きに灯也《とうや》は言い知れぬ強迫観念を覚えるが、雫《しずく》は鼓舞するように肩をぶつけてきた。

「瀬崎《せざき》くんがそんな顔をする必要はないって。万が一にバレたって、そっちにはなるべく被害が出ないようにするしさ」

「いや、俺自身のことを心配しているわけじゃなくてだな……。しつこいようだけど、姫野《ひめの》はそれでも俺と息抜きをしたいんだよな？」

「うん、したい。今はそれが私にとって、一番やりたいことだから」

はっきりと言い切った雫《しずく》の顔には、決意のようなものが表れている気がした。

彼女が今何を思っているのか、その真意を摑《つか》むことはできない。

ただ、やはり全国ツアーというのは、雫《しずく》のようなトップアイドルでもプレッシャーがあるのかもしれないと思った。

商店街の通りを歩いていても、誰もが雫《しずく》に気を留めることなくすれ違っていく。

(すごいな、誰も振り返ったりしないなんて)

灯也《とうや》は雫《しずく》の変装術に感心しつつも、普段は来ることのない街並みを眺める。

人通りは多いものの、どこかノスタルジックな雰囲気を漂わせる古い建物がちらほらあって、この街ならではの空気感を味わうことができた。

「姫野《ひめの》ってさ、俺と話すようになる前はオフとかどうしてたんだ？」

「言わなかったっけ。一人で外をぶらついたり、部屋にこもって過ごすことばかりだったよ」

「変装慣れしてるもんな。話してるとつい忘れそうになるけど、姫野《ひめの》って有名人なんだよな」

「まあね。そこは変えようがないから、否定する気もないよ」

雫《しずく》の口ぶりからだと、感情の機微が読み取りづらい。

素の状態は基本的に脱力したようなサバサバした空気感なので、やっぱり考えていることが摑《つか》みづらいのだ。

けれど、灯也《とうや》は雫《しずく》のそういうところが嫌いじゃなかった。

自然体で、なんというか自分を貫いている気がしてかっこいいとさえ思えていた。

だから灯也《とうや》も、なるべくありのままの自分で接していきたいと思うのだ。

「着いたよ、ここ」

言われて足を止めた先には、趣のある喫茶店があった。

どうやらここが、最初の目的地らしい。

「古着屋じゃないんだな」

「買い物の前に、まずは糖分補給をしようと思って」

「そりゃいいな」

と言いつつも、灯也《とうや》はその小洒落《こじゃれ》た佇《たたず》まいを前にして、若干の緊張感を覚えるのだった。

「いらっしゃいませ、二名様ですね。お席へご案内します」

木造の店内はゆったりとした雰囲気があり、女性客の姿が目立つ。

おすすめはモンブランとブレンドコーヒーのセットらしく、二人ともそれを注文した。店先のウェルカムボードにも書いてあった通り、モンブランはここの看板メニューのようだ。

注文からほどなくして、ケーキセットが届く。

大きな栗《くり》がのったモンブランを見て、雫《しずく》は目を輝かせた。

「美味《おい》しそう……。いただきまーす」

雫《しずく》はさっそく一口食べてから、幸せそうに頬を緩ませる。

続いて灯也《とうや》も口にすると、栗《くり》のほどよい甘さとなめらかな口当たりが絶妙だと感じた。

「美味《うま》いな。見た目ほど甘くないから、男の俺でも食べやすいし」

「だねー。これは人気が出るのも納得だよ」

「この店って、有名なのか？」

「ん？　わかんないけど、店の前のボードにはテレビ番組で紹介されたって書いてあったよ」

「そうなのか。全然気づかなかったよ」

灯也《とうや》もなんとなくは『モンブランがおすすめ！』と書いてあったことに気づいたが、ただそれだけだった。こういうとき、男女で着眼点が違ったりするのかもしれない。

それにしても、

（やけに似合うな、姫野《ひめの》とケーキの組み合わせって）

こればかりは恰好《かっこう》のせいかもしれないが、ブレンドコーヒーもいいアクセントになっている。

美人のブレイクタイムという絵面が様になっていた。

「姫野《ひめの》って、コーヒーに砂糖とか入れないんだな」

本来の容姿的には砂糖もミルクも入れそうなものだが、雫《しずく》は届いたままのブレンドコーヒーを味わっている。

そのことを意外に思って口にしたのだが、雫《しずく》はなぜだかドヤ顔になって言う。

「最近になって、ブラックもいけることに気づいたんだよね。甘い物と一緒のときには、特にこの苦みが中和してくれるっていうか」

「へぇ」

「まあ、基本的には甘党なんだけど。眠気も覚めるし、朝にも時々ブラックは飲んでる」

「でも食事制限はいいのか？　ケーキなんて一番の大敵だろ」

言うのは野暮だと思いつつも、会話の成り行きで聞いてしまう。

すると、雫《しずく》はドヤ顔のまま言う。

「時々はいいの。我慢するストレスの方が害になることもあるし、特に全国ツアーの間なんかは、甘い物もカロリーが高めな物も全部、臨機応変に気分次第で許されるんだよ」

「許されるって、誰に？　マネージャーか？」

「私自身に」

ドヤッと雫《しずく》が言い切る。

その堂々っぷりが妙に面白くて、灯也《とうや》は吹き出すようにして笑った。

「あれ？　そんなにおかしいことを言ったかな？」

「いや、いいんじゃないか。自分ルールの中にご褒美《ほうび》を組み込むのは、意外と大事なことだと思うぞ」

「でしょ。この前話した京都での『八ツ橋』のこともそうだけど、私も自分ルールを作る方でさ。目標とかご褒美《ほうび》とか、その場限りの気分で決めたりするんだよね」

「あ〜、あるある。がんばりを続ける秘訣《ひけつ》だよな」

互いに感じ入る会話だったからか、自然と同調し合っていた。

「その言い草だと、瀬崎《せざき》くんも経験ありそうだね？」

「姫野《ひめの》ほど大層な物じゃないけどな」

「それって、部活に入っていたときのこと？」

「ああ。きつい練習も、終わった後のご褒美《ほうび》アイスを考えたら乗り切れたりとかさ」

今度はすんなりと答えることができた。

すでに互いの内情をある程度は知っているからか、灯也《とうや》は自分の過去を知られることにあまり抵抗を感じなかったのだ。

雫《しずく》は「へー、汗だくでへばる瀬崎《せざき》くんとか見てみたいかも」と興味津々《きょうみしんしん》な様子で相槌《あいづち》を打ちながら、モンブランを食べてもぐもぐとしている。

灯也《とうや》は最後の一切れを口に放り込んだ後、カップが空になっていることに気づいた。

ちらと見れば、雫《しずく》のカップの中身も空になっていて。

どうやらオシャレな空間を長時間堪能《たんのう》するには、二人はまだ不慣れだったようだ。

「出よっか」

「だな」

二人は顔を見合わせて笑いつつ、レジで精算を済ませて店を出た。


続いて二人は、今日の主目的である古着屋巡りをすることに。

最初は地下に店舗を構える、広々とした内装の店に入った。

個性的な色合いの服や、あえてサイズ感を無視したようなデザインの服もあって、どれがオシャレでダサいのか、灯也《とうや》はいまいちピンとこないまま眺めていく。

値段は手ごろな物が多く、姿見で合わせたら意外と似合う物もあったりして、客の物欲を刺激するのが上手《うま》い手法だと思った。

「ねぇ、これとか着てみてよ」

そう言って雫《しずく》から手渡されたのは、アロハシャツと縁の広い麦わら帽子だった。

……これは完全に、ネタ枠というやつではないだろうか？

「本気か？」

「本気も本気。瀬崎《せざき》くんなら着こなせると思うよ。――あ、このかっこいいTシャツも中に着てね」

真顔で雫《しずく》に言われ、灯也《とうや》は半信半疑ながらも試着室で着替えてみる。

（いや、これは違うだろ……）

姿見で着替えた状態を眺めてみても、売れないお笑い芸人みたいだなという感想しか思い浮かばない。

それに合わせたインナー――おかしな笑顔がプリントされたTシャツが、ボタンを開けたアロハシャツから覗《のぞ》いているのが妙なアクセントになっていて不気味だった。

「おい姫野《ひめの》、これはさすがにないと思うぞ」

カーテンを開けて呼びかけたものの、雫《しずく》の姿は見当たらない。

「姫野《ひめの》？」

灯也《とうや》がこんなおかしな恰好《かっこう》で一人きりにされた気まずさを感じていると、隣の試着室のカーテンが開き――

「呼んだ？」

現れたのは、同じくアロハシャツに麦わら帽子、そして笑顔プリントのTシャツを合わせた雫《しずく》だった。

違いといえば下のパンツと、あとはサングラスをかけていることぐらいだ。サングラスがあることで多少はオシャレっぽくも見えるが、やっぱりダサいことに変わりはない。

「「ぷっ」」

同時に吹き出し、互いを牽制《けんせい》するように睨《にら》み合《あ》う。

「さすがに私の方がマシだと思うんだけど？」

「いや、どっこい——どころか、そっちの方が痛さは上だろ。サングラスなんて合わせているから、マジで勘違いしているように見えるし」

「いやいや、瀬崎《せざき》くんの方がインナーの変なTシャツが目立っていてダサいって」

「やっぱり変なTシャツなんじゃないか！　さっきはかっこいいとか言って騙《だま》したな！」

「あー、もうやめやめ。こんなペアルックで街を歩いていたら、いろんな意味で目立っちゃうよ」

「ったく、ペアで着るならもう少しマシな物があっただろ……」

などと言いつつ、二人は着替え直す。

ただ、安かったのもあり、おかしな笑顔がプリントされたTシャツだけはお互いに購入した。

その後もいくつかの店舗を回って、割と良さそうな服を何着か購入する。

なかなかの数を買ったが、古着だからか出費は思ったよりも少なかった。

途中で「やっぱりこれが一番楽だから」という理由で、雫《しずく》がいつものパーカーとキャップに眼鏡の変装スタイルへと着替えたりもしつつ。

四店舗目を出たところで、雫《しずく》がスマホを確認してため息をつく。

「はぁ、そろそろ行かないと」

「仕事か」

「うん。ラジオの収録があるんだ」

「じゃあ、駅に向かおうか」

「ごめんね」

さらりと謝られたことで、灯也《とうや》はすぐさま首を左右に振る。

「謝る必要はないって。気にするなよ」

「ありがと」

日が傾く中、二人は駅へと向かう。自然と口数は少なくなり、時間帯のせいか肌寒さを感じた。

駅に着いてホームに続く階段を上がると、電車はちょうど出たところだった。

「あちゃー、ツイてないね」

「仕方ないさ、向こうの椅子が空いてるし座ろうぜ」

二人はひとまず並んで椅子に座る。電車が発車した直後だからか、周囲に人の姿はない。

この暇な時間をどう過ごそうかと思ったところで、灯也《とうや》はちょうどいいネタを見つける。

「姫野《ひめの》、あれを見てみろよ」

灯也《とうや》が指差したのは、近くの雑居ビルに立てかけられた広告看板。

そこにはアイドル・姫野《ひめの》雫《しずく》が映っており、ホワイトウォーターのペットボトルを差し出しながら、弾《はじ》けるような笑みを浮かべていた。

「え、やらせたがり？」

　案の定というか、雫《しずく》本人には渋い顔をされてしまう。

「いや、ただいたから教えただけだよ。ホワイトウォーターを飲んでることが多いとは思ったけど、そっちのキャンペーンガールもやっていたんだな」

「結構ＣＭでも流れてるんですけど」

「へぇ、そうなのか。今度チェックしておくよ」

「ほーい」

　雫《しずく》は気の抜けた返事をしたかと思えば、おもむろに眼鏡を外してこちらを向き、

「『一緒に甘酸《あまず》っぱくなろ？』」

　このセリフは、広告看板のキャッチフレーズだ。

　ただ、目の前の雫《しずく》はあまりにも脱力した状態で言うものだから、シュールなギャグっぽく見えてしまった。

「ぷっ……おい、やめろ。今のがバレたら事務所とかスポンサーに怒られるぞ」

「瀬崎《せざき》くんがやらせたんじゃーん」

「いやいや、せめてやるならちゃんと笑顔を作れって。メイクのせいもあって、全然看板とは違う感じになってるぞ」

「ムリ〜、恥ずかしくて出来な〜い」

WHITE

「そんなタマじゃないだろ」

苦笑しつつも灯也《とうや》が言うと、雫《しずく》が反論するように肩をぶつけてくる。

そんな気軽なやりとりがなんだかこそばゆくて、灯也《とうや》は自然と笑みを浮かべていた。

「瀬崎《せざき》くんって、よくわかんないタイミングで笑うことがあるよね」

「それはお互い様ってやつだな」

「す〜ぐそうやってごまかそうとする」

「俺の場合、笑うのは大抵楽しいときか微笑《ほほえ》ましいときだよ」

「ふーん」

「そういう姫野《ひめの》はどうなんだ？」

「言わなーい」

「なんだそれ」

呆《あき》れて再び苦笑する灯也《とうや》を見て、雫《しずく》はぼそりと呟《つぶや》くように言う。

「実際のところ、自分でもよくわかんなくて。愛想笑《あいそわら》いばっかりが上手《うま》くなったせいで、あんまり意識してこなかったよ」

「べつにいいんじゃないか、それでも」

「テキトーだなー」

「いや、本心からだよ。気づいてないかもだけど、姫野《ひめの》って俺といるときも結構笑うからさ」

「あっそ」

なぜだか再び肩をぶつけられて、灯也《とうや》は微笑《ほほえ》ましい気持ちになった。

そうこうしているうちに電車がやってきて、二人で乗り込むのかと思いきや――雫《しずく》だけは乗らないようだった。

「私、逆の電車だから」

なるほど、灯也《とうや》を見送りたかったらしい。

「そうか。じゃあ、また今度だな」

「うん、また今度。今日も良《い》い息抜きになったよ、ありがと」

その言葉と、どことなく寂しそうな表情に、灯也《とうや》は違和感を覚える。

「大丈夫か？」

「え、なにが？」

「いや、いつもと違う気がしてさ」

「ふふ。それ多分、気のせい。――じゃあね」

そこで電車のドアが閉まり、手を振る雫《しずく》の姿が遠くなっていく。

寂しそうな表情が視界から消えても残っている気がして、灯也《とうや》はやるせない気持ちになった。

雫《しずく》は先ほど、『良《い》い息抜きになったよ』と言っていた。

それはつまり、それだけ気が詰まっていたということだ。

何より別《わか》れ際《ぎわ》、灯也《とうや》が心配をしたときにも『多分、気のせい』と雫《しずく》は笑ってみせたが、あれは雫《しずく》なりのSOSだったのではないかと勘繰ってしまう。

考えすぎかもしれない。ただ、束《つか》の間《ま》の休息が終わることを寂しがっていた可能性もある。

けれど、やはり気になるものは気になるわけで。

このままでいいのか、何か力になれないだろうか。

気持ちは急《せ》いているのに、なかなか方法が思い付かない。

灯也《とうや》はアイドルの姫野《ひめの》雫《しずく》にはとくべつ興味がないままだし、彼女の仕事の事情だって詳しくはわからない。

だが、そういう灯也《とうや》だからこそ、雫《しずく》は一緒にいて居心地のよさを感じてくれているのかもしれないし、息抜きの相手に選んでいるのかもしれないのだ。

まだ素顔の雫《しずく》が見せていない感情が、他にあるとするならば……

(……そういえば、叫んでいる姿は見てないな)

雫《しずく》がこれまでにも何度かやっていたという、カラオケでのシャウト。

カラオケで漏れ聞こえていたときには目にしたが、あれは盗み聞きしたようなものだ。

仮にアレをやることが、雫《しずく》のガス抜きになるとしたら……アレを灯也《とうや》が受け止めることで、何かしらの意味が生まれるかもしれない。

いや、これはただのエゴだ。

実際には、灯也《とうや》が雫《しずく》の本心を受け止めたいと思っているだけに過ぎない。

(——だからどうした。ここで動かなきゃ、また俺の嫌いな現状維持になるだけだろうが)

灯也《とうや》は部活をやめて以来、何かのために積極的な行動をすることを避けてきたが、そういう自分を好いていたわけじゃない。

むしろ嫌っていた。どうにかして脱却したいと、何かきっかけを求めていたくらいだ。

それも雫《しずく》の素顔を知ってからは、少しずつ前向きになってきたような気がする。雫《しずく》とは互いの波長が合ったこともあり、気ままに息抜きをする関係はプラスに働いている。

でも、まだ足りない。おそらく足りないのは、他者に踏み込もうとする勇気と覚悟だ。

そしてそれを示すのは、今このときなんじゃないか——と。

灯也《とうや》は実感するなり覚悟を決めるとともに、思考を巡らせる。

「でも、問題はどうやって言い出すかだな」

電車の窓から眺める夕焼けは真っ赤に輝いていて、見ているだけですぐに動けと急《せ》かされているような気分になる。

事前に聞かされていた雫《しずく》の予定では、明後日《あさって》はライブツアーの三か所目とのことで、明日の夜には車で移動するとのことだ。

つまり灯也《とうや》が行動を起こすなら、明日の夜までに、ということになる。

でもたしか、雫《しずく》の予定は明日の夕方までぎっしり埋まっていたはずだ。

となると、空いているのは午後六時から八時までの二時間程度。
灯也《とうや》はスマホを取り出して、すぐさまメッセを送る。
すると、数分ほどで雫《しずく》から『わかった』と返答がきた。
「よし」
気合いを入れるように呟《つぶや》いてから、握り拳に力を込める。
そうするだけで、自分でも驚くほどにやる気が満《み》ち溢《あふ》れた。
今はただ、彼女の――姫野《ひめの》雫《しずく》のためになることをしたい。
とにかくその一心だった。

第六話　ふたりで見る景色

「ごめん、遅くなった」

「おつかれ。気にするなって」

午後七時過ぎ。

収録が長引いたという雫《しずく》と都心部の駅前で合流し、並んで歩き出す。

白いパーカーにショートパンツ、そしてキャップにマスクを着けた変装状態の雫《しずく》は、夜の街にも十分に溶け込んでいた。

灯也《とうや》の方も古着屋で買ったデニムジャケットとパーカーを合わせたストリート風の恰好《かっこう》をしているからか、変装状態の雫《しずく》と並んでいても馴染《なじ》むようなコーディネートである。

「瀬崎《せざき》くんの服がいつもと違うから、ちょっと変な感じ」

「似合ってないか？」

「ううん、似合ってるよ。かっこいいじゃん」

さらっとそんなことを言われて、灯也《とうや》の方は照れてしまう。

ふとそこで、雫《しずく》が有名なアパレルブランドの手提げ袋を持っていることに気づいた。

「それ、買ったのか？」

「違うよ、今日の収録で着た私服が入ってるだけ。現場にはこの恰好《かっこう》で行かないから」

「わざわざ着替えさせて悪いな。でも、今日はどうしても会いたかったんだ」

灯也《とうや》の言葉に対し、雫《しずく》はマスク越しでもわかるぐらいにニヤついてみせる。

「なにそれ、口説いてるの？」

「いや全然。むしろ純度百パーセントの本音だよ」

「やっぱ口説いてるじゃん」

「違うって。今カラオケに向かってるんだけどさ」

「私あんまり時間ないよ？　九時には迎えの車に乗らなきゃだし」

「わかってる、歌うのがメインってわけじゃないんだ」

「うん？」

いまいち雫《しずく》は事情が把握できていない様子だが、それも無理のないことだ。

何せ、灯也《とうや》が事前に伝えたのは、『明日の出発前、ちょっと時間をもらえないか？』という内容だけで、それに二つ返事で雫《しずく》が『わかった』と答えただけなのだから。

勿体《もったい》ぶっても仕方がないと思い直して、灯也《とうや》は雫《しずく》の方へと向き直る。

「じつは、姫野《ひめの》にストレス解消をしてほしくてさ。最近いろいろと忙しいみたいだし、普通に息抜きをするぐらいじゃ発散しきれていないんじゃないかと思ったんだ」

「それでカラオケ？」

「ああ。……その、思いっきり叫べば発散になるんだろ？」

「──ッ」

灯也《とうや》が何を言わんとしているのか、雫《しずく》は理解したらしい。

瞬時に顔を赤くして、バツが悪そうに視線を逸《そ》らした。

「違ったか？」

「ちが──くはないけど、その話はあんまり掘り下げないでほしい」

「今日は俺も付き合うからさ、思いっきり叫んでくれよ」

灯也《とうや》がそこまで言ったところで、雫《しずく》は足を止める。

そして眉間にしわを寄せ、不機嫌そうにポケットへ両手を突っ込んだ。

「ちょっと待って、普通に嫌なんだけど」

「どうして？」

「そんなの、恥ずかしいからに決まってるじゃん。どうして同い年の男の子に子供っぽく癇《かん》癪《しゃく》を起こしている姿を見られなきゃいけないわけ？　それどんな罰ゲーム？」

どうやら雫《しずく》はご立腹の様子。これは選択を誤ったかもしれないと、灯也《とうや》は今さらながらに思った。

「悪い、怒らせるつもりはなかったんだ。でも少し考えればわかることだったな、ごめん」

「だいたい、瀬崎《せざき》くんはさ——あっ」

雫《しずく》の怒りが冷めやらないかと思いきや、突然ぎょっとした表情になり、灯也《とうや》の手を引いて歩き出す。

「お、おい、姫——」

「名前は呼ばないで」

雫《しずく》は冷めた声で遮ると、そのまま路地裏の脇道に入った。

「どうしたんだ？」

「記者の人がいた。最近私の周りをうろついてるんだ。多分、全国ツアー中だから話題になると思ってるんだろうけど……さては収録スタジオを嗅ぎつけてきたな」

遠くの方に姿を見せたのは、思いのほか若い女性だった。

灯也《とうや》からすればなんてことはない、どこにでもいるような人に見える。手にカメラを持っているわけではないし、本当に記者なのかも疑わしいくらいだ。

「こっちに来そう」

「本当に記者なのか？」

「うん。漫画じゃないんだし、そんな露骨に『記者です』って見た目はしてないよ。——って、うわ、やっぱこっちに来てるし……」

雫《しずく》の顔に焦《あせ》りと緊張が浮かぶ。

まだ距離はあるが、確かに女性は同じ脇道に入ってきた。

あの女性が本当に記者だとしたら、見つかるわけにはいかないだろう。

あちらはまだここにいるのが雫《しずく》だとは気づいていないようで、辺りをきょろきょろしながらスマホをいじっている。

ここで灯也《とうや》たちが取れる手段はいくつかある。早足になって一気に距離を取るか、このままゆっくりと進んで大通りで人混みに紛れるべきか。無難なのは後者だが……──

「──あっ」

そのとき、雫《しずく》が情けない声を上げたかと思えば、躓《つまず》いて転びそうになる。

灯也《とうや》は咄嗟《とっさ》にその手を引き寄せてから、雫《しずく》を優しく抱きとめた。

その際、雫《しずく》が灯也《とうや》の胸に顔を埋めたことで、帽子のつばが当たって地面に落ちたのがわかった。

彼女の華奢《きゃしゃ》な身体《からだ》が腕の中に収まっている。温かく、柔らかい。それに良《い》い匂いもする。

危機的状況であるはずなのに、灯也《とうや》の心境は驚くぐらいに落ち着いていた。

もう記者らしき女性との距離は近い。今から下手に動けば、怪しまれる危険性があるだろう。

灯也《とうや》は腕の中に収まる雫《しずく》のことを、覆い隠すように全身で抱きしめた。

体格差のおかげで雫《しずく》の顔は周囲に見えない状態となっているが、まだ足りないとばかりに灯《とう》也《や》は自らの顔を彼女の頭頂部に埋める。

まさに密着状態。傍《はた》から見ればキスの延長行為に映るかもしれないが、実態は灯也《とうや》の表情から身バレ防止のカモフラージュだと悟られる危険性を避けるためだ。

ドクン、ドクン、と鼓動の鳴る音がする。

これはどちらのものか、灯也《とうや》にはわからない。

ただ、記者らしき女性も一般カップルの濃厚な行為中と判断したのか、道を引き返していくのが遠ざかる足音でわかった。

「「…………」」

だがそれでも、お互いに言葉は発しない。

それにどうしたことか。少なくとも今、灯也《とうや》は離れたくないと思ってしまっている。

嗅覚や触覚――そして本能が、この行為は理屈とかそういうものを度外視して、単純に気持ちが良《い》いものだと訴えかけてきているようだった。

けれど、物事には終わりというものがやってくる。

胸に顔を埋めていた雫《しずく》が、背中に回していた手をぎゅっと力強く握り締めたことで、灯也《とうや》は我に返ったのだ。

「……もう行ったみたいだな。大丈夫か？」

「――ぷはぁっ」

胸から顔を離した雫《しずく》は、酸素を欲《ほっ》するようにマスクを外す。

よほど息苦しかったのか、その顔は真っ赤である。

間近で息を荒くする様は、妙に色っぽくて驚かされた。

「悪い、そんなに強くしたつもりはなかったんだが」

「ハァッ、ハァッ……ばか」

「悪いって言ってるだろ。でもとりあえず、あの女の人は遠くに行ったみたいだぞ」

「転びかけた私が百パー悪いけど、それでも万が一、声をかけられたらどうするつもりだったの？　脇道に入ったからって抱きしめ続けるのは悪手でしょ、完全に」

「すまん……」

咄嗟《とっさ》の判断とはいえ、確かに悪手だったかもしれない。

心の底から反省する灯也《とうや》を見たからか、雫《しずく》は背中を向けて深呼吸をする。

「ま、まあ、結果オーライだからいいけどね。一応ありがと。次からは気をつけてよ」

どうしてだか早口になって言い放つ雫《しずく》に対し、灯也《とうや》は頷《うなず》いて返す。

だが、『転びかけた姫野《ひめの》が百パー悪いんじゃなかったのか……？』と灯也《とうや》が疑問に思うぐらいには、なぜだか雫《しずく》はすごい剣幕になっていたように思えた。

ゆえに、灯也《とうや》は最後の抵抗として一つだけ尋ねることにする。

「ちなみにさっきみたいな場合、どうするのが正解だったんだ？　走って逃げるわけにもいかないし、立て直した後に歩いているだけだと、あっちに追いつかれたかもしれないけど」

「そうですか……」

雫《しずく》はマスクを着け直してから、横目にちらちらと視線を向けてきて、何やら気まずそうに口を開く。

「ところで、話を戻すけど。瀬崎《せざき》くんに一個質問をしたいの」

「ああ、なんだ？」

「瀬崎《せざき》くんは自分の大事な物を否定されたときとか、すごいストレスを感じたときって、どういう風に対処してる？」

「俺は………そうだな、少し前までは公園に行ってたよ。バスケのゴールがある場所なんだけどさ」

「じゃあ、そこに連れて行って」

「え？　いや、結構遠いぞ。近所とかじゃなくて、ここからだと電車で二十分以上かかるし」

「いいから。今の気分的に、瀬崎《せざき》くんのストレス発散法を試してみたいの」

「でも、ボールだって持ってきてないしなぁ」

「そこのデパートで買えばいいよ。私が買うから値段は気にしないで」

「セレブはこういうときにすごい行動力を発揮するよな……」

「なんとでも言って」

「知らない」

というわけで、雫《しずく》の言う通りにデパートのスポーツコーナーでボールを購入し、空気まで入れてもらってから電車に乗る。

混み合った電車の中では再び密着する形になったが、特に雫《しずく》は何も言わなかった。

何度か電車を乗り換えること二十分ほど。

周囲に人も少なくなってきたところで、ようやく目的の駅に着いた。

ホームに降りると、雫《しずく》は先ほどまでいじっていたスマホをしまう。

「マネージャーに連絡したら、一時間後にこの駅の前まで車で迎えに来てくれるって」

「そうか」

「なんか緊張してる？」

「いや、そんなことはないよ」

灯也《とうや》がこの辺りに来るのは、実に半年ぶりのことだ。

周囲は閑静な住宅街となっており、時間帯もあってか人通りが少ない。ここから大通りの方に五分ほど歩くと、件《くだん》の公園が見えてくるのだが、灯也《とうや》はあまり乗り気じゃなかった。

「瀬崎《せざき》くんが嫌なら、私はここで時間を潰してもいいけど」

嘘《うそ》か本音かはわからないが、雫《しずく》は爪をいじりながら言う。

「大丈夫だ。せっかくここまで来たんだし、行こう」

「ほーい」

傾斜のついたコンクリートの地面を歩くこと五分。

大通り沿いにもかかわらず、木々に囲まれた広めの公園が見えてきた。

敷地《しきち》内には高いフェンスに囲まれたバスケットコートがあり、ゴール自体が二基ずつ向き合う計四ゴールのコートは、運良く無人だった。

「へー、都内にこんなところがあるんだ。穴場じゃん」

「すごいだろ、照明もあるしな。欠点といえば他のプレイヤーが集まりやすいことぐらいなんだが、今日は運良く俺たちの貸し切りみたいだ」

コート外のベンチに荷物を置いてから、雫《しずく》はマスクを外してボールを片手に、コート内へと入っていく。

「瀬崎《せざき》くんはここでバスケをして、ストレス解消をしてたんだよね？」

「ああ。部活の試合で上手《うま》くいかなかったときとか、反省点が見つかったときにはよくここへ来て、シュート練をしていたよ。たまに大人とか年上相手に試合をしたこともあったな」

「なるほど、ここは瀬崎《せざき》くんの青春の地ってわけだ」

「恥ずかしい言い方をするなよ。まだカラオケのことを根に持ってるのか？」

「うるさいな――っと」

文句を言いながら、雫《しずく》が両手でシュートを打つ。

なかなかに綺麗《きれい》なフォームだが、ボールはリングの手前で落ちてしまう。

「へぇ、けっこう綺麗《きれい》なフォームじゃないか」

「ちょっと、感心してないで教えてよ」

「俺もやるのか」

「当たり前じゃん」

雫《しずく》に促され、灯也《とうや》も渋々上着を脱いでコートに入る。

灯也《とうや》が端で軽くストレッチをしている間にも、雫《しずく》は果敢にシュートを打っていた。

「なんか、授業でやるときよりも上手《うま》くいかないんだけど。特にドリブルとか」

「ここは土と砂利だからな。それにボールが新品だから、使いづらいのも当然だ」

雫《しずく》の靴はスニーカーなので、その点は問題ないだろう。

あとは肝心のフォームだが、少々力んでいるようにも見える。

「よし、ストレッチはこんなもんか。――ちょっと触るぞ」

「あ、うん」

灯也《とうや》は断りを入れてから、雫《しずく》の背後に回って腕に触れる。

「まず、肩と肘に力が入りすぎだ。あとはちゃんと足腰を連動させる意識でゴールを見て――放つ」

雫《しずく》が言われたタイミングでシュートをすると、ボードに当たってそのままゴールした。

「わあ、ほんとに入った」

嬉《うれ》しそうに振り返ってくる雫《しずく》との距離が近くて、灯也《とうや》は思わず視線を逸《そ》らしていた。

意識を他方に向けたからか、灯也《とうや》はいつの日か親と一緒に遊びに来ていた頃を思い出して、懐《なつ》かしい気分になる。

「瀬崎《せざき》くん？」

「ん、ああ、すごいじゃないか。センスがあると思うぞ」

「褒め方が軽いなー。どうせ私は体育の授業レベルだよ」

雫《しずく》はボールを拾ってくるなり、はいと灯也《とうや》に手渡してくる。

「え、俺はいいよ」

「私のために、見本を見せてよ」

「見本と言っても、俺は片手でしか打たないぞ？」

「それでいいから」

渋々灯也《とうや》がフリースローを打ってみせると、ボールはリングに当たって弾《はじ》かれた。

「ぷっ」

「おい、ひどいじゃないか。プロだって成功率は七割ぐらいなんだぞ」

「ごめんって」

口では謝罪しているが、どことなく愉快そうなのが隠せていない。

少々イラッとした灯也《とうや》は、再びフリースローを放つ。

すると、ボールはリングに掠《かす》りもせず、ネットだけを揺らしてゴールに吸い込まれた。

「おー、すごいじゃん」

「ま、これでも元バスケ部だからな。余裕ってもんだ」

「ふふっ、すごいドヤ顔。本音はどうなの？」

「入ってよかった……いやほんとに」

体育の授業でもバスケはやるので、半年丸々ブランクがあるというわけじゃない。

ただ、こういう『外しちゃいけないシュート』を打つ機会は、ひどく久しぶりのような気がした。

もっとも、今回のシュートを外しちゃいけないワケは、単に外すと恰好《かっこう》がつかないというだけのプライド面が主なのだが。

「瀬崎《せざき》くんって、結構カッコつけだよね」

言いながら、雫《しずく》はシュートを打つが外れる。

「自覚はあるよ。女子の前だと特にな」

「正直なのはポイント高いよ」

「そのポイントって、高いとなんか意味があるのか？」

「モテる」

雫《しずく》はドヤ顔で言い切ってから再びシュートを打つが、やはり外れる。

「姫野《ひめの》相手にモテてもな……」

「ひどっ。私はこれでも、国民的アイドルとか言われてるんですけど？」

「そうだったな。でもやっぱり、付き合えない相手にモテてもなぁ」

「非モテの考えだね。女の子から褒められるだけでも有り難《がた》いと思わなくっちゃ」

「非モテで結構。べつに恋愛とか、大して興味ないしな」

「草食系の非モテは重症だと思うな」

「余計なお世話だ」

ガコン、とボールがリングに弾《はじ》かれる。

雫《しずく》は半ばヤケになった様子でボールを拾いに行き、再びゴールの正面に立つなり構えた。

「ストップ。――姫野《ひめの》、また肩に力が入ってるぞ」

「セクハラしていいから教えて」

「言い方最悪だな……教える気が一気に失《う》せたんだが」

すると、雫《しずく》は躊躇《ためら》いがちに俯《うつむ》いてみせて、

「……教えてよ、コーチ」

「お、おう……」

正直今の『コーチ』呼びにはぐっときたわけだが、それを素直に言ったら冷やかされる気がしたので、なんとか我慢して指導に集中する。

灯也《とうや》は雫《しずく》の手に触れながら、シュートフォームの姿勢を修正しつつ、

「──で、打つ」

灯也《とうや》が合図を出したタイミングで雫《しずく》はシュートを打つが、今度は外れてしまった。

「あー、だめだ。動きすぎて汗やばい。ちょっと休憩しよ」

「だな」

コートを出てから、灯也《とうや》は近くの自販機で缶のホワイトウォーターを二本買い、ベンチで休む雫《しずく》に手渡してやる。

「ありがと。お金払うよ」

「いいって。それは奢《おご》りだ」

「やっぱりカッコつけだ」

「なんとでも言ってくれ」

ゴク、ゴク、と喉を鳴らしてホワイトウォーターを飲む雫《しずく》の姿には、CMが一本作れそうなほどに瑞々《みずみず》しい魅力があった。

（って、もうCMはあるんだったか）

などと灯也《とうや》は思いつつ、こちらは立ったまま缶に口を付ける。

ホワイトウォーターのCMでは起こりづらそうなことといえば、夜の公園というシチュエー

ションぐらいだろうか。それだって、被写体である雫《しずく》がこれだけ魅力的であれば、一周回って映えるかもしれない。

とはいえ、今の雫《しずく》はアイドル状態ではないわけだが。

ちなみに当の雫《しずく》はすでに缶を置き、コートの方を眺めていた。

「外から見ると照明の光が強いかもって思ったけど、コートに入るとやっぱり暗くて見えづらいね」

「だな。明日は大事なライブがあるんだし、間違っても怪我《けが》とかはするなよ？」

「わかってるって」

「というか今さらだけど、これって姫野《ひめの》のストレス発散にはなってるのか？」

灯也《とうや》の問いに、雫《しずく》は若干疲れぎみのグーサインを向けてくる。

「ならいいんだけどさ」

「瀬崎《せざき》くんは？」

「え？」

そこで急に質問を返されて、灯也《とうや》は呆気《あっけ》に取《と》られてしまう。

「発散できてる？　いろんなモヤモヤ」

「モヤモヤか……発散は、できてる気がする」

「ほんとにー？」

「ほんとだって。実はここに来たらいろいろと思い出しそうで避けていたんだけど、そういう忌避感みたいなものがどっかにいったぐらいだ」

「そ。ならよかった」

雫《しずく》は清々《すがすが》しい顔で言うと、大きく伸びをする。

それから嬉《うれ》しそうに微笑《ほほえ》むものだから、灯也《とうや》はつい見入ってしまった。

「ん、なに？」

「いや、綺麗《きれい》だなと思って」

「は？」

「へ？」

「「…………」」

しまった。つい、本音が漏れ出てしまった。

失言を悔みながら赤面する灯也《とうや》に対し、雫《しずく》はフッと余裕たっぷりに微笑《ほほえ》んでみせる。

「平気だよ。私はそういうの、言われ慣れているから。全然気にしなくていい」

「……それはそれで複雑な気持ちになるな」

「なんでよ!?　今せっかく私が流そうとしたのに!?」

気づけば、雫《しずく》も顔を真っ赤にしていて。

灯也《とうや》はそれが嬉《うれ》しくて、吹き出すようにして笑った。

「ねぇ、なんで瀬崎《せざき》くんが笑ってるの？　普通にムカつくんだけど」

「いや、いいんだ。俺が悪かった」

「全然悪いと思ってないでしょ？　あー、ムカつく。私のこと、完全に舐《な》めてるよね」

「今舐《な》めたらしょっぱいだろ」

「それ失言！」

雫《しずく》が顔を真っ赤にしたまま、ぽこぽこと叩《たた》いてくる。

さりげなく痛いのは、彼女がそれだけムカついているからだろう。

「悪かったよ、女子に言うセリフじゃなかった」

「ほんとだよ！　遠慮がなさすぎ！」

「痛い痛い、わかったから」

そこから雫《しずく》が落ち着くまで、五分ほどかかった。

ようやく冷静になったらしい雫《しずく》は、ため息交じりに言う。

「あーあ、もうバスケを続ける気分じゃなくなっちゃった」

「でもストレス発散になったなら、目的は達成だろ？」

「そうなんだけど、代わりに新しい悩みができた気がする」

「新しい悩みって？」

「瀬崎《せざき》くんはさ、男女の友情ってあると思う？」

一般論の話だろうか。雫《しずく》の問いに、灯也《とうや》は首を傾《かし》げつつも答える。

「あると思うぞ。そう思うのは、俺に異性の友達がいるからかもしれないけど」

「そっか。ならまあ、大丈夫なのかな」

「どういうことだ？　もしかして、俺との関係に悩んでいるとか？」

不安に思った灯也《とうや》が尋ねると、雫《しずく》はすんなり頷《うなず》いてみせる。

「当たり前なんだけどさ、知れば知るほど瀬崎《せざき》くんは男の子で、女の私とは違うんだなと思って」

「たとえば？」

「力の強さとか。あとはさっきの褒め言葉とか、失言とか、同性が相手だったらもう少し上手《うま》く受け流せたかなと思うし。……ファンの性別とかは、あんまり気にしないんだけどな」

「まあ、俺だって姫野《ひめの》とスキンシップをするのは抵抗があるしな」

「うん、いろいろ難しいよね。ちょっと怖くなってきたかも」

「俺がガチ恋勢とやらになるんじゃないかって？　そもそも、素の姫野《ひめの》相手でもそういう言い方が適用されるのかはわからないけどさ」

「そういう一方的な話じゃなくて——ああもう、いいや。この話はやめよ。考えすぎるのは私の悪い癖だ」

再びモヤモヤし始めた様子の雫《しずく》に対し、灯也《とうや》はため息交じりに言ってやる。

「ま、なんとかなるだろ。お互いがお互いを思いやることを忘れなければさ」

「そういう精神論とか綺麗事《きれいごと》って、あんまり好きじゃない」

「すぐそういうことを言う。姫野《ひめの》って結構ひねくれてるよな」

「瀬崎《せざき》くんにだけは言われたくないよ。……でも瀬崎《せざき》くんとは距離感が合うっていうか、一緒にいると居心地がよくて、すっごく楽なんだよね」

「それでいきなり素直になるんだもんな」

「人を情緒不安定みたいに言わないで」

「はいはい」

雫《しずく》には明日、大事なライブがある。

だからこの辺りで切り上げるべきだとお互いにわかっているはずなのに、どうにも収まらない状態が続いていた。

「瀬崎《せざき》くんって、表面上のことは聞いてくるけど、あんまり深くは踏み込んでこないし。それも私が聞いてほしいタイミングだったりするから、いろいろ話したくなっちゃうっていうか」

「それだってお互い様だろ。俺としては、これでも前よりかは踏み込んでいるつもりだしな」

「そうなんだ。でも私が話していないことは多いけど、そっちのことも全然知らないよ」

月明かりの下、微《かす》かに照らされた雫《しずく》の横顔はどこか不安げだった。

「俺のこと、話してほしいのか？」

「……うーん、そうでもないかも」

「どっちなんだよ」

「知りたいけど知りたくないというか、知らなくていいっていうのが正解なのかも」

「なら、それでいいじゃないか。ライブ前だからって、ナーバスになってるだけだろ」

「そうなのかな……瀬崎《せざき》くんは私に聞いておきたいこととかないの？」

「あるけど」

即答だった。

「なに？」

「姫野《ひめの》はアイドルとして、俺にファンになってほしいのか、それともファンにならないでほしいのか、結局どっちなんだ——とかな」

「…………」

雫《しずく》は言葉に詰まった様子で俯《うつむ》き、それからしばらくして顔を上げた。

「わかんない」

「は？」

「わかんないって言った。認めてほしいけど、ファンになってほしいわけじゃないというか」

「いや、前にも言ったけど認めているというか、本心からすごいとは思ってるって」

「そうじゃなくて、端的に言うと……」

「端的に言うと？」

雫《しずく》は俯《うつむ》いたまま、

「……好きにはなってほしいかも」

「へ？」

思わぬ言葉に固まる灯也《とうや》をよそに、雫《しずく》は頭を抱えながら首を左右に振る。

「あーっ、だから違うというか！　ちゃんとアイドルの私のことも好きだけど、それは決して一番ってわけじゃなくて、素の私の方が大事にされつつ、アイドルの方もいい――だけどファンではない、みたいな」

「めんどくさっ」

「あー、自分でもわかってるから……」

灯也《とうや》の「めんどくさっ」がクリーンヒットしたのか、雫《しずく》は頭を抱えたままため息をついた。

だから灯也《とうや》はその頭をぐりぐりと撫《な》でてやって、

「ま、そのうちな」

「来たよ、現状の保留。そういうところがオジサンくさいって話でさ」

「ほんとに素の姫野《ひめの》って口が悪いよなー。ファンが聞いたらびっくりするぞ」

「ファンの前では絶対言わないから。幻滅とか、させたくないし」

そこはビシッと言い切った雫《しずく》に対し、灯也《とうや》はふと気になったことを尋ねてみる。

「そういえば、なんで姫野《ひめの》ってアイドルをやってるんだ？　その辺りもふと気になったぞ」

「詳しくは事務所の公式サイトを参照に～っていうのは冗談として。やっぱり、スカウトされたからかな？　あとはまあ父親が業界人だったり、教育熱心だった母親から脱却するためだったりとか、いろいろとね」

雫《しずく》にさらっと早口で語られた情報の中には、驚くような内容があった気がするのだが……灯《と》也《や》が驚いたのは、内容についてではなかった。

「ほんとに驚いた。俺って姫野《ひめの》のこと、ほとんど知らないんだな」

「お互い様だよ。まだまだ知らないこと、いっぱいあると思う。——聞きたい？」

「……うーん、そうでもないかも」

「真似《まね》すんなっ」

苛立《いらだ》った雫《しずく》から脇腹を小突かれて、灯也《とうや》はむせてしまう。

「あ、あのなぁ、よくその脇腹突きをやってくるけど、結構痛いんだぞ。少なくとも、そういう暴力的なところは直した方がいいと思う」

「大丈夫、瀬崎《せざき》くんにしかやらないから」

「俺は全然大丈夫じゃないんだが……」

「でも男の子ってこういうの好きでしょ？」

「ハンバーグと同じノリで言われてもな～」

互いにボケてツッコミを入れるようなやりとりが続いたせいで、二人の中で歯止めが利かなくなるのを感じていた。

だから灯也《とうや》は、そろそろ切り上げるつもりで言う。

「こういうときこそ、お互いに譲歩だ。――俺は姫野《ひめの》のアイドル方面についてもう少し勉強する。姫野《ひめの》の方は悩みがあればため込まないで、話したいことはこれまで以上に話す。……この辺りが双方の歩み寄りとしていい塩梅《あんばい》だと思うんだが、どうだろうか？」

「瀬崎《せざき》くんは優しいね」

「冷やかしは結構だ。イエスかノーで答えてくれ」

「じゃあ、イエスで。その代わり、私からも提案があるんだけど」

「なんだ？」

雫《しずく》はそこで立ち上がり、こちらにわざわざ向き直ってくる。

「これからは、互いに下の名前で呼び合おうよ。私たちは息抜き相手であり、友達でしょ？」

雫《しずく》が淡々と告げたのは、そんな提案で。

灯也《とうや》からしても、悪いはずはないのだが。

「俺、女友達は苗字《みょうじ》呼びしかしたことがないんだよな」

「いいじゃん、これを機に慣れていきなよ――ね、灯也《とうや》」

「……わかったよ、雫《しずく》」

その響きは耳に心地よくて、妙にしっくりきた気がしていた。

だからお互いに照れくさく感じても、冷やかすことはない。

その後は二人とも口数が少なくなりつつ、手洗い場で土汚れを洗い流す。

雫《しずく》はトイレで清楚《せいそ》な私服に着替えてきて、マスクと伊達《だて》眼鏡を装着した。

これで二人とも、帰る準備はばっちりである。

「……そういう服も、やっぱり似合うよな」

「あはは、無理に褒めなくてもいいから」

「すみません……」

「それじゃ、駅に向かおっか」

「ああ」

そうして夜道を歩くこと数分。

駅前に着いたところで、黒塗りの高級車が停《と》まっているのが見えた。

「もしかしなくても、あの車か？」

「うん」

「さすがだな……」

運転席に座るのはスーツを着た女性で、こちらを凝視しているのがわかった。あれが雫《しずく》のマネージャーだろう。

女性というのは予想外だったが、表情の険しさからは想定通りの人柄であることが窺《うかが》えた。

「じゃあここで。――またねっ、瀬崎《せざき》くん」

すっかりアイドル状態になっている雫《しずく》が笑顔で手を振ってきて、灯也《とうや》も手を振り返す。

この調子だと、雫《しずく》はマネージャーにも素の状態を見せていないのだろう。それが灯也《とうや》は少しだけ心配になった。

（……というか、ずっと睨《にら》まれてるな。雫《しずく》はどこまで俺のことを話してるんだろう？）

そうでなければ、これから話すのだろうか。

ともかく雫《しずく》が車内に入ってからはマネージャーの視線も外れ、車はすぐに発進していった。

車体が見えなくなったところで、灯也《とうや》は大きく息をつく。

今日はいろんなことがあった気がする。雫《しずく》とこれまで以上に心の内をさらけ出して、最後には互いを下の名前で呼ぶようになった。

もっとも、下の名前で呼び合うのは二人きりの状況に限るわけだが。

灯也《とうや》は誤爆をしないように気を付けなければと思いつつ、足取り軽く帰路に就くのだった。

◇

大型連休の最終日。

この日は予定されていた通り、夕方からクラス会が開催された。

まずは貸し切りにしたフレンチ風のカフェレストランで、バイキング形式の立食パーティーが行われる。二次会はカラオケの予定らしいが、灯也《とうや》は参加しないつもりだ。

今日の灯也《とうや》はいつものジャケットスタイルに、ひと味加えてある。

というのも、インナーにはこの前買った変な笑顔のプリントTシャツを着ていた。

クラスメイトたちは久々に会う姫野雫《ひめのしずく》を前にして、大興奮の様子だ。

雫《しずく》の活躍ぶりは連休中もSNSの公式アカで報告されており、ライブ告知用の動画なんかも投稿されていたので、情報には事欠かなかったわけで。皆一様に雫《しずく》へと話題を振っていた。

だがそこで、

「あれ？　雫《しずく》ちゃんが着てるTシャツと、瀬崎《せざき》くんが着てるのって同じやつじゃない？」

取り巻きの女子が発した一言によって、空気が凍りつく。

しーん、と。一瞬だけ場が静まったのち、皆の視線が雫《しずく》と灯也《とうや》の服装を行き来する。

雫《しずく》が着用しているのはパステルカラーのカーディガンに件《くだん》のTシャツ、そこにフレアスカートを合わせたガーリーな私服で、可愛《かわい》らしさと親近感を共存させたコーデだ。

けれど、しれっとコーディネートに含まれた異色のTシャツは、今やその存在感を堂々と主張していた。カラーリング自体は灯也《とうや》がグレーで雫《しずく》はホワイトなので違うものの、やはりペアルックと受け取られてもおかしくない代物である。

別に流行《はや》り物とかではなく、そもそもあの古着屋に在庫僅少で置かれていた物だ。被《かぶ》ること自体がレアなはずだし、どう言い逃れをするべきかは悩みどころだった。

悩む灯也《とうや》をよそに、雫《しずく》は笑顔で近づいてきて、

「わぁ、ほんとだ！　瀬崎《せざき》くん、お揃《そろ》いだねっ。それってやっぱりあのお店で買ったの？」

「え、ああ、安かったし」

「これってあそこのオリジナル商品らしいよ～。可愛《かわい》いよねっ」

「お、おう」

ごく自然に雫《しずく》が切り出したことで、周囲は偶然被《かぶ》っただけだと納得したようだ。

やはりアイドル・姫野《ひめの》雫《しずく》の臨機応変なコミュ力は侮《あなど》れない。その点について、素の状態とは大きく異なるように思えた。

「でもよー、そのTシャツって灯也《とうや》の趣味じゃないよな」

周囲が再び雫《しずく》を取り囲む中、端で黙々と食事を再開する灯也《とうや》のもとへ、修一《しゅういち》が小皿いっぱいに肉料理を盛ったまま近づいてきて言う。

彼の言うことはもっともで、普段の灯也《とうや》は私服にこういったオシャレ上級者が取り入れるような冒険はしない主義だ。

だが、今ここでそれを言われるのは心苦しい状況。大声でないことだけが救いである。

「修一《しゅういち》は鋭いのか、のほほんとしているのか、時々わからなくなることがあるよな」

「オレはいつだって鋭敏だぜ？」

「はいはい。いいから大声は出さないでくれよ」

「あれだろ？　お前がどうせ、SNSかなんかにアップされていた姫野《ひめの》さんの私服を後追いした感じなんだろ」

「どうしてそうなる」

「姫野《ひめの》雫《しずく》といえば、同世代女子のファッションリーダーみたいな存在だしなあ。大方、ここを真似《まね》すればハズレはないと思ったんだろ？　灯也《とうや》って服屋のマネキンコーデをそのまま一式買うようなところがあるもんな」

一概に否定はできないのが悔しいところだが、予想はズレた方向へと進んでくれたらしい。

「もう、そういうことでいいよ」

「可愛《かわい》げのあることをするじゃねえか。その結果、クラス会でみんなに注目してもらえたわけだし、狙いは見事的中だな」

「ほんとに、妄想力だけは豊かだよな」

「うっせえ。こちとらそれだけで生きてきたようなものだっての」

「ははは」

「ちぇっ、やけに余裕があるのが腹立つなぁ。──でもまあ、復活したみたいでよかったぜ。この前とか上の空だったし、金井《かない》もお前のことを心配していたからな」

「そんなこともあったな……」

ゴールデンウィーク中の登校日、自分から夏希《なつき》を帰りのゲーセンに誘ったくせに、あの対応は悪いことをしたなと、今頃になって思い出す。

静かに頭を抱える灯也《とうや》を見て、修一《しゅういち》が呆《あき》れぎみに言う。

「ちゃんとフォローしておけよ～。お前はアイドルに現を抜かすより、現実の女子との交流をもっと大事にするべきなんだからよ」

「姫野《ひめの》だって現実の女子だろ」

「へ？」

つい意地になって、言わなくてもいいことを言ったかもしれない。

灯也《とうや》はすぐにごまかすべく、言葉を続ける。

「いや、修一《しゅういち》ってたまに難しい単語を使うよなと思って。どうせ半分ぐらいは意味がわかってないんだろ？」

「さすがは灯也《とうや》、オレのことをよくわかっていらっしゃる」

「べつに褒めてないからな」

級友の謎に誇らしげな顔を眺めながら、灯也《とうや》はバツが悪そうにする。

先ほど灯也《とうや》がごまかしたのは、雫《しずく》との関係が勘付かれることを危惧したからだ。

ふと視線を外した際、遠くで談笑する雫《しずく》の横顔が視界に映った。

（にしても、どうして姫野《ひめの》はこんな公の場にあのTシャツを着てきたんだ……？）

割とリスキーな選択だし、灯也《とうや》と被《かぶ》っていなかったとしても、メディア上で着ているような私服とも雰囲気が異なるわけで。

リスクがあっても着てきたのは、灯也《とうや》も同じなわけだが。

その根底には、周囲と比べて雫《しずく》との関係が深いことを主張したい――という、浅ましい考えが自分にあったのかもしれないと思った。

完全にアイドルモードの雫《しずく》は、今日もその笑顔を振りまきながら周りを明るくする。

遠目に彼女を眺めながら、灯也《とうや》はなんとも言えない引っかかりを覚えていた。

一次会は二時間ほどで終了した。

店を出たところでひとまず解散となり、希望したメンバーだけで二次会のカラオケ会場に移動することになる。

灯也《とうや》はカラオケがとくべつ好きというわけでもないし、修一《しゅういち》とともにフェードアウトしよ

うと思ったのだが、

「おーい、お二人さんはもう帰っちゃうの？」

そのとき、明るく声をかけてきたのは雫《しずく》だった。

きょとんとした顔なのに愛嬌《あいきょう》を感じさせ、かつわざとらしくなく、誰がどう見ても可愛《かわい》いとしか言いようのない仕草である。

これが計算づくなのだとしたら、やはりアイドル・姫野《ひめの》雫《しずく》はとんでもない存在だ。

隣でドギマギして固まる修一《しゅういち》を見かねて、灯也《とうや》が一歩前に出て答える。

「ああ、俺たちは特別仲の良《い》いやつもいないしな」

「クラス会って、普段は話さない人とも仲良くなるためのイベントだと思うけどな？」

「えっと……」

手強《てごわ》い。やはりアイドルモードの雫《しずく》は一筋縄ではいかないらしい。

内心でどう思っているのかは知らないが、灯也《とうや》たちに残ってもらいたいのはたしかなようだ。

アイドルとしての姫野《ひめの》雫《しずく》は、のほほんとしているようで的確だ。それでいて、ただの『事実』を機械的にではなく、あたかも『感情』があるかのように語ってみせるのが上手《うま》い。

これでは意見を否定しづらいだけでなく、肯定しないとこちらが間違っている気分になる。

ゆえに口ごもる灯也《とうや》に対し、雫《しずく》は畳みかけるように続ける。

「それに私も、Tシャツ同盟がいなくなるのはちょっと寂しいかも」

いつの間にか、変な同盟メンバーに加えられていたらしい。

この流れで感情の話を持ち出されると、もう退路を断たれたのも同然の状況だ。

それでも半ば意地になって渋る灯也《とうや》をよそに、ようやく硬直が解けた修一《しゅういち》が前に出る。

「はい！　オレっち残るっす！」

「わーい、人数が多い方が楽しいもんねっ」

「その通りっす！　――もちろん、灯也《とうや》も行くだろ？」

現金なやつだ。美少女に誘われた途端、俄然《がぜん》やる気になっている。

ここまできて抵抗するほど野暮でもないので、灯也《とうや》は仕方なく頷《うなず》いてみせた。

それから総勢二十名ほどで向かったのは、灯也《とうや》のバイト先のカラオケ店だった。

パーティールームを二部屋借りたまではよかったが、その盛り上がりは予想以上に凄《すさ》まじいものとなる。

今回の雫《しずく》はＶＩＰ扱いということで、歌わずに聞き専でいるらしい。

だが、同じ個室で雫《しずく》が見ているというだけで、クラスの連中はボルテージを最高潮にして歌いまくるし、とにかく踊りまくる。

それは修一《しゅういち》も例外ではなく、《プリンシア》の曲――【君だけのプリンセス】を入れると、灯也《とうや》とともにデュエットをすると言い出した。

「は？　普通に嫌なんだが」

「いいから歌おうぜ！　オレがリードしてやるからさ！」

「聞きたーい」

ＶＩＰの雫《しずく》までもが乗り気で言うものだから、再び退路を断たれたようなものだ。

観念した灯也《とうや》は重い腰を上げて、修一《しゅういち》とともにマイクを構える。

そうして束《つか》の間《ま》のデュエット（男二人）が始まり――

――パチパチパチパチパチッ！

「すごーい！」

一曲終わったのち、雫《しずく》が大きな歓声と拍手を送ってきた。

その笑顔は本当に嬉《うれ》しそうで、灯也《とうや》はつい照れくささを覚えてしまう。

というのも、ここ数日の間に灯也《とうや》は《プリンシア》のＭＶをひと通り見て、ある程度は歌えるようになったのだ。大型連休中ということで、動画サイトにフルバージョンが公開されていたのが有り難《あ がた》かった。

修一《しゅういち》と二人で披露したデュエットはお世辞にも上手《うま》いとは言えなかったが、個室内の盛り上がりに一役買ったのは間違いない。

その後も負けじとクラスメイトたちが歌い続けて、時間はあっという間に過ぎていった。

クラス会は午後九時過ぎに終了し、駅前で解散となった。

灯也《とうや》も帰路に就こうとしたところで、スマホが振動する。

確認すると、先ほど別れたはずの雫《しずく》から『店の前に来てくれる？』とメッセが届いていて。

あんなところに私服の雫《しずく》が一人で立っていたら目立つと思い、灯也《とうや》は急いで向かう。

店の前に到着すると、伊達《だて》眼鏡にマスクを装着済みの雫《しずく》が待っていた。

灯也《とうや》が近づいていくなり、雫《しずく》は手を振ってくる。

「よっ。さっきぶり」

「悪い、待たせたか」

「ううん。これからちょっと付き合ってほしいんだけど、時間は平気？」

低いトーンの声色からして、すでに雫《しずく》は素の状態になっているらしい。打ち上げ中とは別人のようである。

「俺はいいけど、今から歌うのか？」

「カラオケじゃなくて——あ、ちょうどいいところに」

雫《しずく》は手を上げ、タクシーを呼び止める。

「乗ろ。私が払うから」

「普通に割り勘でいいけど、どこまで行くつもりなんだ？」

「内緒。着いてからのお楽しみ」

「なんだそりゃ」

灯也《とうや》は呆《あき》れながらも、雫《しずく》とともに車に乗り込む。

雫《しずく》がビル名らしき行き先を告げると、タクシーは発進した。

「ふぅ」

ようやく気が抜けるとばかりに雫《しずく》がため息をつく。

「クラス会、結構疲れたな」

灯也《とうや》が言うと、雫《しずく》はこくりと頷《うなず》いた。

「やっぱりああいう集まりとか、私は苦手だなって思ったよ」

「だから俺を二次会に誘ったのか？」

「それもあるけど、今日で連休は最後でしょ？　どうせなら、ずっと一緒の方がいいと思ってさ」

「なるほどな」

方向的に、タクシーが都心部に向かっているのはわかる。

未《いま》だに目的地の見当は付かないが、雫《しずく》は何が目的なのだろうか。

「ていうか、Ｔシャツが被《かぶ》るとはね。焦《あせ》ったよ」

「俺もびっくりだ。そっちの対応力に救われたな」

「灯也《とうや》ってばガチガチになってたし、私がなんとかしなきゃーって思ったから」

「悪かったよ、ありがとな」

「いーえ」

窓から見える景色が高層ビル群ばかりに変わってきた辺りで、雫《しずく》の表情が険しくなる。

「マネージャー——柏井《かしわい》さんっていうんだけど、その人に灯也《とうや》のことを聞かれてさ」

「ああ」

「『私に男の子の友達がいたらダメですかー？』って言ってやった」

「それはさぞマネージャーさんも困っただろうな」

「ふふ。うん、困ってた」

「ここで笑うとか、ほんとに性悪だな」

「全然認めてくれた感じじゃなかったけど、必殺の笑顔で勝負はドローにしといたよ」

「ドローかよ」

「これでも頑張った方だって。今すぐ褒めてほしいくらい」

「偉い偉い」

「テキトーすぎ〜。——ていうか、打ち上げの話に戻るんだけどさ、灯也《とうや》が《プリンシア》の曲をあんなに歌えるなんてびっくりしたんだけど」

雫《しずく》は軽い調子で小突いてくるが、その表情はどこか嬉《うれ》しそうである。本人的には、よほど意外なことだったらしい。

「最近フル尺のMVを見まくっていたんだ。元々バイト先のロビーで曲が流れていたのもあって、覚えようと思ったらなんとかなったよ」

「え、もしかして全曲いける？」

「六割ぐらいは」

「すご。もうファンじゃん」

「ファンではねえよ」

「頑《かたく》なだなー」

言葉の割に、雫《しずく》は嬉々《きき》として微笑《ほほえ》んでいる。

それが灯也《とうや》は嬉《うれ》しいやら恥ずかしいやらで、視線を窓の外へと向けた。


大型連休の最終日だからか、混雑した道を走ること三十分ほど。

ようやく目的のビルに到着したらしく、二人はタクシーを降りた。

「ここって……」

灯也《とうや》は眼前にそびえ立つ、巨大なオフィスビルを見上げる。

圧倒されるほどの規模感に、灯也《とうや》は感嘆しつつも周囲を見回した。

案内板にはいくつもの企業名が連なっており、そのうちの一つに、雫《しずく》が所属する芸能事務所『涼風プロダクション』の社名を見つけた。

つまりここは、雫《しずく》の所属事務所が本拠地とする場所ということだ。

先ほどマネージャーに関する不穏な話も出ていたし、灯也《とうや》は自然と身構える。

「ほら、ついてきて」

「ああ……」

雫《しずく》に先導されるまま、正面口から中に入る。

そこは広々としたエントランスホールになっており、雫《しずく》の指示通りに受付で署名をすると、来客用のゲストカードを手渡された。

それを首からぶら下げて、雫《しずく》とともにエレベーターホールへ向かう。

エレベーターに乗り込むと、雫《しずく》は『涼風プロダクション』がテナントに入っている八階――ではなく、最上階のボタンを押した。

未《いま》だに雫《しずく》の目的はわからない。エレベーター内は自分たち以外に誰もいないというのに、雫《しずく》は壁に寄りかかって目を瞑《つぶ》った状態で、質問されること自体を避けているようだった。

――キンコーン。エレベーターが最上階に着いた。降りた先のエレベーターホールは狭めの印象で、端の方に自動販売機が二台置いてあるだけだった。

ここで雫《しずく》はマスクと眼鏡を外したかと思えば、自動販売機でミルクティーのホット缶を二本買って、そのうちの一本を手渡してくる。

「奢《おご》られるのは、あんまり性に合わないんだけどな」

「そのぶん、今度なんか奢《おご》ってよ」

「まあ、そういうことなら」

灯也《とうや》もここまできて問答をしたいわけではないので、早々に受け取っておく。

雫《しずく》は屋外に続く扉に手をかけると、躊躇《ちゅうちょ》なく開け放つ。灯也《とうや》もその後に続くと、屋外広場となっていたそのスペースには、ウッドデッキが広がっていた。

「おぉ、すごいな」

灯也《とうや》は思わず感嘆の声を漏らす。

おそらく休憩スペースとして設けられた場所だと思うが、灯也《とうや》と雫《しずく》以外には誰の姿もない。

足元は多くの照明が照らしていて、月が隠れていようと躓《つまず》く心配はいらないようだ。

「こっちだよ、灯也《とうや》も来て」

すでに奥の方で立っていた雫《しずく》に呼ばれて、灯也《とうや》も駆け足で隣に並ぶと――

「うおっ……」

目の前に広がる光景に驚いた。

そこからは、都市の夜景が一望できた。

オフィスビルの照明や、遠くの繁華街に灯《とも》る光の数々が夜景を色鮮やかに彩《いろど》っていて、灯也《とうや》の目を奪う。

「これは、なんというか……」

「ね、綺麗《きれい》でしょ？」

隣に立つ雫《しずく》は、まるでこの景色が自分の宝物だと言わんばかりのドヤ顔をする。

彼女の瞳に夜景の光が反射して、宝石のようにキラキラと輝いていた。

言葉を失う灯也《とうや》は、ただただ無言で頷《うなず》くことしかできない。

「この景色を見せたかったんだー」

雫《しずく》はすっきりとした笑顔で言いながら、おもむろに両手を広げる。解放感に溢《あふ》れた彼女の姿を見て、灯也《とうや》も惹《ひ》かれるようにして腕を広げた。

すると、夜風が全身に吹きつけてきて、五月とは思えないほどの肌寒さを感じさせる。

ああ、だからホット缶にしたのか——と、灯也《とうや》はこのタイミングで納得がいった。

灯也《とうや》は手にしていたミルクティーの缶を、雫《しずく》の頰にくっつける。

「あったか〜っ。——こっちもお返し」

雫《しずく》の方も、持っていたミルクティーの缶を灯也《とうや》の頰にくっつけてきた。

温かさが伝わってくるのと同時に、胸の辺りがこそばゆいような気持ちになる。

だからか、それをごまかすように灯也《とうや》は口を開く。

「でも、どうしてこの景色を俺に見せてくれたんだ？」

「それはね、灯也《とうや》に日頃の感謝の気持ちを伝えたくて。でも私があげられるものと言ったら、今はこの景色ぐらいしか思いつかなかったから」

このサプライズには、灯也《とうや》も驚かされた。

　同時に、姫野《ひめの》雫《しずく》という女の子にはロマンチストな面もあるのだと理解させられる。

　こういうのも、ギャップというのだろうか。普段からサバサバした言葉ばかりを聞いていたからか、雫《しずく》の乙女らしい一面に触れたことで鼓動が高鳴っていた。

「ここは雫《しずく》にとって、大事な場所なんだな」

「そうだよ、私のお気に入り。他の人はあまり使ってないみたいだけどね。落ち込んだときとか、モヤモヤしたときはここに来ることが多いんだ。あとは、嬉《うれ》しいことがあったときにも来るかな。灯也《とうや》にとってのあの公園にちょっと近いかも」

「なるほどな。確かに、悩みの一つや二つは吹っ飛びそうなくらいの絶景だよ。そのぶん、嬉《うれ》しいことは何倍にもなりそうだ」

「ふふっ、何倍は大げさじゃない？」

「だな、ちょっと盛り過ぎた」

　夜景を眺める灯也《とうや》の手を軽く握り、雫《しずく》が向き直ってきて言う。

「私、灯也《とうや》に出会えてよかったと思ってる。これは素直な気持ち」

「なんだよ、いきなり改まって。照れるだろ」

「うん、照れるね。私の柄じゃないし」

「そこまでは言ってないって」

　灯也《とうや》が冗談めかして言うと、雫《しずく》は意味深に微笑《ほほえ》む。

「でもさ、やっぱりこういうのは言葉にしないと伝わらないと思うから」

「…………」

夜景の明かりが後光のように雫《しずく》を照らし、灯也《とうや》の目を釘付《くぎづ》けにする。

はにかむ雫《しずく》の笑顔は、今まで見たどんな光景よりも美しく、そして同時に心を揺さぶってきた。

自分の心音がうるさいくらいに高鳴っているのがわかる。

雫《しずく》が次に何を言うのか、灯也《とうや》にはわかっている気がした。

けれど、違う言葉が来るんじゃないかと、淡い期待も抱いていて——


「——灯也《とうや》、これからも末永くよろしくね」


そうして、雫《しずく》は予想通りの言葉を口にした。

強いて言うなら、『末永く』の部分は予想外だったが。

ともかく、灯也《とうや》の頭の中に一瞬だけ浮かんだ煩悩《ぼんのう》的な答えはすぐさま消え去った。

「それはアイドルとしてなのか、友達としてなのか、どっちの意味なんだ？」

「そんなの、聞くまでもないでしょ？」

さらっと挑戦的に笑う雫《しずく》。

こういう笑顔もやっぱり様になる。

「いや、普通にわからないんだが……」

「それより、そっちの答えは？」

雫《しずく》は先ほどまでの強気な表情ではなく、期待半分、不安半分の表情で尋ねてくる。

だから灯也《とうや》は、やれやれと肩を竦《すく》めながらも口を開いた。

「ああ。こちらこそよろしくな、雫《しずく》」

灯也《とうや》が返答すると、雫《しずく》は安堵《あんど》したようにため息をついてみせる。

と、そこで突風が吹き、雫《しずく》の身体《からだ》が揺らめいた。

手すりがついているからこそ、下に落ちる心配はないはずだ。

けれど、灯也《とうや》は咄嗟《とっさ》に腕を伸ばしていて。

とさっ。

華奢《きゃしゃ》なその身体《からだ》を抱きとめると、腕の中で雫《しずく》は固まっていた。

間近で香る花の匂いと、全身から伝わる雫《しずく》のぬくもりが、灯也《とうや》の心身を火照《ほて》らせる。

「大丈夫か？」

「あ、うん……」

耳まで赤くなる雫《しずく》を見て、灯也《とうや》はハッと我に返って身体《からだ》を離す。

「べつに、離さなくてもよかったけど」

「そ、そんなわけにはいかないだろ。誰かに見られたら困るわけだし」

「もう、誰に言い訳してるの？　路上のときは結構長かったじゃん。それに今は寒いんだから、ちょっとくっつくぐらいは普通でしょ」

「さすがにそれは無理があるって！」

「ヘタレ」

ひどい言われようだが、当の雫《しずく》も真っ赤になったままなのだから、言い返す気力も湧いてこないわけで。

だから代わりに、灯也《とうや》はミルクティーの缶のプルタブを開けて飲んだ。

「甘っ」

「どれどれ」

雫《しずく》も自身のミルクティーの缶を開けると、そっと口をつけてみせ、

「ほんとだ。こんなに甘かったっけ？」

「でも悪くないよな、こういうのも」

「だね」

などと、お互いに少しばかり恰好《かっこう》をつけてみせて。

夜景が広がる空の下、灯也《とうや》と雫《しずく》は笑い合うのだった。

エピローグ

大型連休が明けた。

前日にクラス会があったからか、どことなく教室の雰囲気は活気づいている。

それに今日も今日とて、人気アイドル・姫野《ひめの》雫《しずく》が大輪の笑顔を咲かせているのも、活気づけに一役買っていた。

「雫《しずく》ちゃん、新曲の告知見たよー！　ぜったい買うね！」

「あたしなんて、告知動画に即高評価つけちゃったもん！」

「てかさー、夜に動画をアップするなら、クラス会のときに言ってくれたらよかったのにー。雫《しずく》ちゃんってばプロ意識高すぎー」

などなど、朝から雫《しずく》は大勢に囲まれて話題の中心である。

実は昨夜、アイドルグループ《プリンシア》の新曲を告知する動画がアップされたのだ。

しかも、今月に発売する予定の新曲とは別物のようで、続く新曲ラッシュにＳＮＳは大盛り上がりをしている最中である。

「やっぱすげえよな、姫野《ひめの》さんの人気は」

「そうだなー」

ぼんやりと答える灯也《とうや》に対し、修一《しゅういち》はスマホの画面を差し出してくる。

「ほら、これ見てみ？」

「ん？」

画面には、昨夜アップされた《プリンシア》の告知動画が流れていて、

『これからの季節にぴったりの明るい曲なので、みなさんぜひチェックしてくださーい♪』

画面に映る姫野《ひめの》雫《しずく》が、眩《まぶ》しいくらいの笑顔でそう告げていた。

「新曲は夏がテーマになるってことか」

「そうだぜ！　もしかすると【わたバケ】のＭＶにはなかった水着の解禁があるかもな！」

「水着ねぇ……」

気にならないといえば嘘《うそ》になるが、ここでがっつくのも違う気がして、灯也《とうや》は言葉を濁す。

「なんだよ、灯也《とうや》は見たくねえのかよ」

「そうは言ってないだろ。それよりお前は彼女持ちなのにいいのかよ。ちゃんと彼女の水着姿だけを大事にしてやれって」

「うっせえ！　いいんだよ！　オレはあくまで芸術的な目線で姫野《ひめの》雫《しずく》サマのご尊顔を拝んでるんだからよぉ！　そこに下心は一切な――いてぇっ⁉」

そこで修一《しゅういち》の肩を引っ叩《ぱた》いたのは、苛立《いらだ》ちぎみの夏希《なつき》だった。

「邪《よこしま》な目で姫野《ひめの》さんを見るなっつの。あんたらの予想通りになんかなるわけないでしょうが」

「げ、ガチオタかよ」

「よお、金井《かない》。この前は悪かったな」

灯也《とうや》がさらっと謝ると、夏希《なつき》はため息交じりに頷《うなず》いてみせる。

「全然いいわよ。なんだかすっきりした顔をしてるし」

「そうか？」

「いつも通りのアホ面じゃね？」

「修一《しゅういち》にだけは言われたくないぞ」

「まったくね」

「ひでぇ！」

このメンツで騒がしいやりとりをしていると、本当に学校が始まったのだという実感が生まれた気がした。


昼休み。

灯也《とうや》が自販機で何を買おうか悩んでいると、

「なに飲むの？」

背後から声をかけられて、振り返るとやはり雫《しずく》が立っていた。

「なんだ、しずー—姫野《ひめの》か。俺は只今《ただいま》迷い中だよ」

「じゃ、ホワイトウォーターにしようよ。ほら私、キャンペーンガールをやってるから」

アイドル状態の雫《しずく》は明るい声色で言うと、そのままホワイトウォーターのボタンを押してしまった。

「まだ答えてないだろ、勝手に押すなよな」

「ごめーん。——私はミルクティーにしよっと」

「そこはホワイトウォーターじゃないのかよ」

灯也《とうや》たち以外の姿は見えないが、雫《しずく》の口調はアイドル状態のままである。

そのせいか妙に物足りない気がして、灯也《とうや》は思い切って素の話し方で頼もうかと思ったのだが、

「——あれ？　あんまり甘くないや」

雫《しずく》が飲んでいるのは、ビルの屋上で飲んだものと同じ製品だ。

だからか、雫《しずく》は不思議そうに小首を傾《かし》げている。

「それなら、場所とか気温のせいじゃないか？　味覚的に熱いと甘く感じるって言うし、寒暖差が関係しているのかもしれないぞ」

「へ〜。——確かにあそこ、寒かったもんね？」

いたずらっぽく微笑《ほほえ》んでみせる雫《しずく》。

アイドル状態の姫野《ひめの》雫《しずく》であろうと、『二人にしか通じない話題』が成り立つことを実感したからか、灯也《とうや》の身体《からだ》は火照《ほて》り始めていた。

「……ご、ごほんっ。そろそろ戻らなくていいのか？」

「うん、戻ろ〜っ」

灯也的《とうやてき》には別々に教室へ戻るつもりだったのだが、上機嫌な雫《しずく》の一言によって一緒に戻ることになった。

皆に憧れられる美少女の後ろを歩きながらも、灯也《とうや》はようやく鼓動を落ち着かせていく。

「そういえば、瀬崎《せざき》くんは今日もバイト？」

「ん、ああ。放課後に直行する予定だ」

「そっか。がんばってね♪」

愛らしい笑顔とともに、雫《しずく》がエールを送ってくる。

傍《はた》から見れば、それは可愛《かわい》いアイドルの優しい施しに見えていたことだろう。

だが、灯也《とうや》からすれば『今日はお店に寄るからよろしくー』と一方的に言われているようなものだった。

その夜。灯也《とうや》がバイト先のカラオケ店で受付業務をしていると、午後八時を過ぎた辺りで、キャップと半袖のパーカーに伊達《だて》眼鏡をかけたオシャレな美少女が来店してくる。

大型連休明けの平日だからか、店内のロビーには灯也《とうや》しかいない状況だった。

「ご来店ありがとうございます。こちらの用紙にご記入ください」

「はい」

やや低音で、ダウナーぎみの声が耳に心地いい。

「ドリンクはいかがなさいますか？」

「ホワイトウォーターで」

「かしこまりました。それではお部屋番号、二〇五号室へどうぞ」

プレートを手渡したところで、雫《しずく》がちらと視線を向けてくる。

「新曲のＭＶで、灯也《とうや》も水着が解禁されるかもって期待してる？」

いきなり直球の問いを投げかけられて、灯也《とうや》は驚きつつも答える。

「どっちでも。気にならないといえば嘘《うそ》になるし、正直見てみたい気はするけどな」

「ふーん。ま、アイドルなら解禁して当然だしね」

「嫌なのか？」

「全然。水着を見られても恥ずかしくない身体《からだ》に仕上げているつもりだしね」

「へぇ」

「なにその反応。つまんない」

「さっき見たいって言っただろ。姫野《ひめの》が嫌じゃないなら、俺は――」

「雫《しずく》」

「……雫《しずく》が嫌じゃないなら、俺は水着だって楽しみにさせてもらうけど」

灯也《とうや》が照れぎみに答えると、雫《しずく》はフッと微笑《ほほえ》んでみせる。

「そ。じゃあ、楽しみにしといて」

雫《しずく》は満足そうに言って歩き出したかと思えば、ふと立ち止まって振り返る。

「あー、それと」

「ん？」

「今日は覗《のぞ》いちゃダメだからね、灯也《とうや》」

「…………」

雫《しずく》は淡々と告げてから、すたすたと個室に向けて歩いていく。

その背を見送りながら、灯也《とうや》は思った。

気ままな女神さんの考えることは、やっぱりよくわからないな――と。

あとがき

お久しぶりです。初めての方は、初めまして。戸塚陸です。

この度は、『君のガチ恋距離にいてもいいよね？』をお手に取ってくださり、誠にありがとうございます。

本作は人気アイドルの素顔を知ったことから始まる、息抜きラブコメとなっております。

基本的にゆるくて楽しい、それでいて甘くて爽やかでもある独特の空気感を描いたつもりです。

ヒロインの雫《しずく》は、愛嬌《あいきょう》たっぷりな人気アイドルの姿がいわゆる表の顔ですが、裏の顔というか素顔の方は、割とクールで自然体な感じになっています。

いつもは多忙な彼女とともに、ゆったりと息抜きをして過ごす青春を、ぜひとも味わっていただければ幸いです。

作中だと、雫《しずく》は【女神すぎる美少女】と呼ばれていますが、素晴らしいイラストのおかげでまさに女神を体現する美少女っぷりとなっていて、作者は感激しっぱなしでした。

表紙のイラストだけではなく、全てのイラストが素晴らしいので、気になった方はぜひとも
お手に取ってみてください。

最後に謝辞を。
担当編集者様、そしてこの作品の出版にかかわってくださった皆様、ありがとうございます。
今後ともよろしくお願いします。
イラストを担当してくださった、ただのゆきこ様。可愛《かわい》くて透明感のある素敵なイラストに
よって本作を彩《いろど》ってくださり、ありがとうございます。今後ともよろしくお願いします。
そして読者の皆様。本作を読んでくださり、誠にありがとうございます。少しでも楽しんで
いただけたのであれば、幸いです。今後も精一杯励みますので、応援してくださると嬉《うれ》しいで
す。これからもどうぞよろしくお願いします。

ここまで読んでくださって、ありがとうございました。

それではまた、次巻でお会いできることを願って。

戸塚陸

◉戸塚 陸著作リスト

「未練タラタラの元カノが集まったら」（電撃文庫）
「【恋バナ】これはトモダチの話なんだけど
～すぐ真っ赤になる幼馴染の大好きアピールが止まらない～」（同）
「【恋バナ】これはトモダチの話なんだけど2
～すぐ真っ赤になる幼馴染はキスがしたくてたまらない～」（同）
「君のガチ恋距離にいてもいいよね？
～クラスの人気アイドルと気ままな息抜きはじめました～」（同）

本書に対するご意見、ご感想をお寄せください。

ファンレターあて先
〒102-8177　東京都千代田区富士見2-13-3
電撃文庫編集部
「戸塚 陸先生」係
「ただのゆきこ先生」係

本書は書き下ろしです。

電撃文庫

君《きみ》のガチ恋距離《こいきょり》にいてもいいよね？
〜クラスの人気《にんき》アイドルと気《き》ままな息抜《いきぬ》きはじめました〜

戸塚《とづか》 陸《りく》

2025年4月10日　初版発行

発行者　山下直久
発行　株式会社KADOKAWA
〒102-8177　東京都千代田区富士見2-13-3
0570-002-301（ナビダイヤル）
装丁者　荻窪裕司（META＋MANIERA）
印刷　株式会社暁印刷
製本　株式会社暁印刷

●お問い合わせ
https://www.kadokawa.co.jp/（「お問い合わせ」へお進みください）
※内容によっては、お答えできない場合があります。
※サポートは日本国内のみとさせていただきます。
※ Japanese text only

※定価はカバーに表示してあります。

ISBN978-4-04-916300-1　C0193　Printed in Japan

電撃文庫　https://dengekibunko.jp/

電撃文庫DIGEST　4月の新刊

発売日2025年4月10日

ユア・フォルマⅦ
電索官エチカと枢軸の軋轢

著／菊石まれほ　イラスト／野崎つばた

哀切怒涛のSFバディクライム・第7弾！　「同盟」の軋轢、レクシー博士の裏切り、エチカの父、チカサトの存在。欠けていたピースが一つの答えへと収束する中で、最後に眼に映る「機憶」とは――。

男女の友情は成立する？（いや、しないっ!!） Flag 11.
じゃあ、アタシと一緒にいられなくなっても信じ続けてくれる？

著／七菜なな　イラスト／Parum

『初のお仕事がありま～す☆』モデル修行に励む日葵に届いた、初めてのオファー。紅葉からの連絡を受けて向かった先は、東京の撮影スタジオで――。高校最後の夏休み。期待と不安に満ちた日葵の初仕事が始まる！

創約　とある魔術の禁書目録《インデックス》⑫

著／鎌池和馬　イラスト／はいむらきよたか

上条当麻の死。あまりに唐突で、あまりに理不尽な現実に、彼を知る者たちは現実を受け入れることができない。告別式の準備に追われながら、存在の大きさを思い知る。果たしてこの世界はどうなってしまうのか。

新説　狼と香辛料　狼と羊皮紙XII
羊たちの宴<上>

著／支倉凍砂　イラスト／文倉 十

異端審問官ローシェと選帝侯たちの謀略を退けたコル。帝国内にますます名を轟かせたコルの下には、謁見を求める人々で溢れかえっていた。だが、そんな兄を冷たく見据えるミューリの手には暗殺用のナイフが……!?

主人公の幼馴染が、脇役の俺にグイグイくる2

著／駱駝　イラスト／こむぴ

天田の邪知暴虐を阻止し、最悪の未来を変えることができた二度目の人生。ようやく平穏な日々が……と思ったのも束の間。イベントとともに新たなトラブルの種が舞い込み――。（駱駝流）王道ラブコメ、波乱の第二巻！

エルフの渡辺2

著／和ヶ原聡司　イラスト／はねこと

姿隠しの魔法を破った大木と渡辺。異界からの監視を凌ぐためエルフの使命――『魔王討伐』に勤しむフリをすることに！
だが急に、渡辺風花がお泊りしたいと言い出して……？
「……ま、魔王討伐に、必要なことだから！」

銀河放浪ふたり旅
ep.2 宇宙ウナギ出没注意!

著／榮織タスク　イラスト／黒井ススム

カイトとエモーションのもとに「惑星をも喰らう超巨大な宇宙ウナギの進行を阻止してほしい」という救援要請が届く。しかし、彼らの前に銀河中の希少生物を保護すると息巻く『公社』が立ちはだかって……。

新作　神様を決める教室

著／坂石遊作　イラスト／智瀬といろ

あらゆる世界の英雄たちを集め次代の神を決める学園。不正を犯した者を処刑する粛正者に選ばれた元暗殺者・ミコトは、心優しく正しい聖女・ルシアに出会う。彼女を神の座に導くため、少年の暗躍が始まる！

新作　君のガチ恋距離にいてもいいよね？ ～クラスの人気アイドルと気ままな息抜きはじめました～

著／戸塚 陸　イラスト／ただのゆきこ

周囲から“女神すぎる美少女”と呼ばれるアイドル・姫野雫。その飛び抜けた容姿と明るい性格からクラスでも人気者――だが、そんな彼女の真の姿を知ったことで二人だけの息抜きに付き合うことになり……。

新作　年下の女性教官に今日も叱っていただけた

著／岩波 零　イラスト／TwinBox

一人でドラゴンを倒し美少女リリアを救出した男・レオン。彼女が教官を務める勇者訓練学校に入り尊敬を集めたレオンだが、女の子への免疫がない。その弱点克服のため、美少女たちとの交流を深めていくのだが――？

私が望んでいることはただ一つ、『楽しさ』だ。
魔女に首輪は付けられない
Can't be put collars on witches.
著 夢見夕利 Illus. 縣
第30回
電撃小説大賞
大賞
応募総数4,467作品の
頂点！
魅力的な〈相棒《魔女》〉に
翻弄されるファンタジーアクション！
〈魔術〉が悪用されるようになった皇国で、
それに立ち向かうべく組織された〈魔術犯罪捜査局〉。
捜査官ローグは上司の命により、厄災を生み出す〈魔女〉の
ミゼリアとともに魔術の捜査をすることになり――？
電撃文庫

柳之助
Ryunosuke
[絵]ゲソきんぐ
Illust:Gesoking
バケモノのきみに告ぐ、
I Tell You, Monster.
バケモノに恋をしたこと、君にはあるか？
第30回
電撃小説大賞
銀賞
受賞作
果たしてヒトか、悪魔か。
これから語るのは、
間違いだらけの愛の物語。
電撃文庫